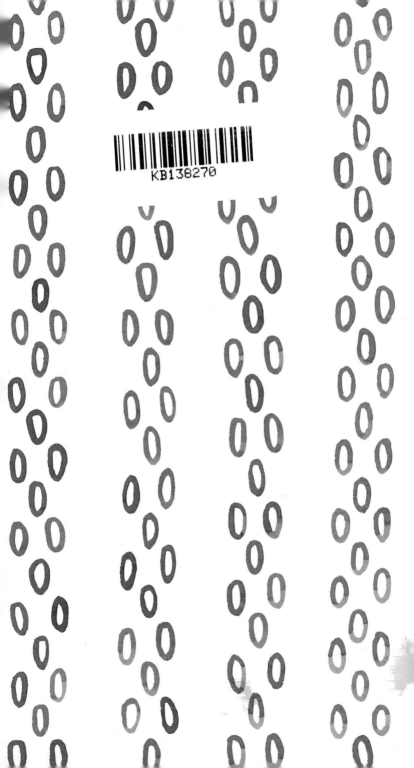

KB138270

Es gibt Dinge, die kann man nicht erzählen

말할 수 없는 것들이 있습니다

키어스텐 보이에 글
레기나 켄 그림
전은경 옮김

내인생의책

키어스텐 보이에

1950년 함부르크에서 태어났다. 대학에서 영어와 독일어를 전공하고, 문예학으로 박사학위를 받았다. 작가로 데뷔하기 전엔 학교에서 선생님으로 근무했다. 현재 독일 아동 및 청소년 도서 분야에서 뛰어난 작가로 인정받고 있다. 모든 연령에 인기 있는 수많은 주인공을 만들어냈으며, 문학성이 높은 작품을 다양하게 쓰고 있다. 아동 청소년 문학에서 가장 권위 있는 상인 한스 크리스티안 안데르센 상에 세 번이나 후보로 선정 됐으며, 《말할 수 없는 것들이 있습니다》으로 2013년 올해의 Luchs 상을 받았다.

"작가의 데뷔 소설 제목은 《파울레는 행운 제조기》인데, 파울레뿐 아니라 키어스텐 보이에 또한 독일 아동문학의 행운 제조기다." (북부독일방송, NDR)

대표작으로는 《아빠는 전업주부》《레나는 축구광》《축구 소녀 레나가 어떻게 수학을 좋아하게 되었지?》《수요일엔 과외가 없다》《발레 하는 남자 친구의 편지》《아이들이 혼자 자란다고?》《보상아》《나는 반창고를 좋아해》《여덟 명이 모이면 무슨 일이 생길까?》《다 잘될 거야》가 있다.

전은경

한양대학교 사학과를 졸업하고 독일 튀빙엔대학교에서 고대 역사 및 고전문헌학을 공부했다. 출판 편집자를 거쳐 현재 독일어 전문 번역가로 활동하고 있으며, 《16일간의 세계사 여행》《데미안》《못된 장난》《커피우유와 소보로빵》《청소년을 위한 천문학 여행》《청소년을 위한 사랑과 성의 역사》《나보다 어린 우리 누나》《아침 식사로 공기 한 모금》《열아홉, 자살일기》《가르쳐 주세요!》 등 많은 책을 우리말로 옮겼다.

차례

내가 아는 어떤 아프리카 소년 **7**
엄마의 책 **22**
야부의 신발 **48**
화상을 입은 할머니 **76**

지도 **91**
스와티어 소사전 **92**
후기 **93**

●일러두기
책 뒤에 지도와 스와티어 소사전이 있습니다.
본문 중 굵게 표시된 지명은 지도에서 찾아볼 수 있습니다.
본문 중 각주가 달린 스와티어는 소사전에서 찾아볼 수 있습니다.

나는 아프리카에 사는 어떤 소년을 알고 있다.

  그 소년은 **시셀웨니** 언덕 중 한 곳에 산다. **흐라티쿠루**에서 멀지 않은 곳, 산꼭대기 위로 떠오른 붉은 해가 푸른 먼지 속으로 잠기는 곳이다. 이 세상 그 어디보다도 아름답다. 툴라니도 그 사실을 알고 있다. 내가 아는 소년의 이름은 툴라니다. 목동들이 큰소리로 노래를 부르며 염소를 모는 고원을 내려가 오솔길을 지나가다 보면, 걷기에도 물이 좀 흐르는 실개천을 만난다. 그 실개천을 따라 걷다가 징검다리를 넘어 반대편으로 건너가면 툴라니의 오두막에 도착한다.
  툴라니는 열한 살인데, 남자아이에게 좋은 나이다. 매일 조금 자라고 매일 조금 힘이 붙으니까. 툴라니는 강해져야 한다. 비록 툴라니에게 필요한 게 그게 다가 아니더라도.
  툴라니는 오두막에서 할머니와 함께 산다. 할머니는 나이가 많아 태어난 날과 태어난 해도 모르고, 툴라니의 엄마를 낳았다는 사실도 잊었다.

7

엄마는 지금 오두막 뒤쪽, 오솔길 건너편, 자그마한 무덤에 묻혀 있다. 툴라니는 크고 무거운 돌로 엄마 무덤을 덮었다. 오두막으로 오는 사람들 눈에 엄마 무덤이 아름답게 보이길 바랐고, 동물들이 파헤치지 못하게 하고 싶었다. 시셸웨니 언덕에 이제 하이에나는 없지만 독수리는 있다. 할머니는 다른 동물들도 사는지는 누구도 알 수 없다고 했다.

툴라니는 엄마 무덤을 이웃 아줌마들과 함께 팠다. 도와줄 사람이라고는 어린 여동생밖에 없는 남자아이 혼자 어떻게 엄마 무덤을 팔 수 있겠어? 땅바닥이 햇빛에 바짝 말라 딱딱한 데다가 눈물까지 계속 흐르는데.

그래, 툴라니에겐 어린 동생도 있긴 하다. 하지만 여덟 살짜리 여자아이가 뭘 할 수 있을까? 동생은 너무 약해서 10분 거리에 있는 개울에서 물을 길어 오는 일도 힘겨워한다. 물통을 가득 채우면 들지도 못한다. 그렇지만 두 번 갔다 오면 될 게 아닌가? 동생에게 두 번 갔다 오라고, 물통을 반만 채우라고 따끔한 목소리로 말했다. 그래서 늘 티격태격하고, 집에 물이 없을 때도 있다. 그럴 때면 툴라니는 언덕 너머로 해가 떨어지기 전에 서둘러 물을 길으러 간다. 어둠 속에는 귀신들이 숨어 있으니까. 열한 살이나 되었지만, 그래도 귀신들은 조심해야 한다.

여동생 이름은 놈필로인데, 툴라니는 동생을 사랑한다. 물론 결코 그런 말을 하진 않는다. 동생이 짜증나게 굴 때도 있기 때문이다. 툴라니는 큰오빠고 또 집안의 어른이니까 동생을 돌봐야 한다. 그래서 놈필로를 매일, 거의 매일 학교에 보낸다. 그리고 교복 품이 작고 길이도 짧아 소맷부리가 떨어지더라도 깨끗하게 빨아 입으라고 말했다. 왜냐하면, 교복이 없으면 학교에 갈 수 없기 때문이다. 지금은 학비를 내지 않아도 학교를 갈 수 있다. 앞으로 자신이 뭐가 될지에 대해서 촌장님께 의논하러 갔을 때 촌장님은 그렇게 말했다. 이제 자기밖에 없었다. 놈필로와 할머니는 팔만 휘저을 수 있을 뿐이다. 촌장님과 툴라니는 어른들처럼 남자 대 남자로 말한다. 툴라니가 집안의 남자니까.

"여자들이 해야 할 일을 네가 정해줘!" 촌장님은 그렇게 말했지만, 그건 촌장님이 놈필로가 툴라니 말을 귓등으로 듣지 않는다는 걸 몰라서 하는 소리다. 할머니는 툴라니에게 물을 길어 오라고 소리를 지른다. 죽을 끓일 옥수숫가루가 남았으면 그것도 가지고 오라고 하신다. 불 피울 땔감도 가지고 오라고 소리를 지르기도 한다. 그러고 난 후 놈필로와 함께 오두막 바닥에 불을 붙이고 죽을 끓인다. 할머니 팔이 아직은 정정해서 삼발이 솥에 든 죽을 젓고 또 젓는다.

"여자들이 해야 할 일을 네가 정해줘!" 촌장님은 그렇게 말했지만, 그건 놈필로와 할머니를 몰라서 하는 말이다. 안다면 그렇게 말하지는 않을 거다. 촌장님은 놈필로가 학비를 내지 않아도 된다고 했다. 놈필로는 어리고, 처음 두 학년은 학비가 없다고 했다. 하지만 툴라니는 내야 한다. 열한 살이면 벌써 다 컸는데 국왕이 무슨 이유로 뭔가 거저 주랴. 그래서 놈필로는 혼자 계곡을 지나고 언덕을 넘어 학교에 가는데, 한 시간도 넘게 걸린다. 툴라니는 어차피 교복이 작아 맞지도 않는다.

"이제 큰 아이들도 학비를 내지 않고 학교에 다녀도 된다고 국왕이 결정했어!" 이웃 아줌마가 할머니를 도와주려고 언덕을 넘어왔을 때 일러준 말이다. 아줌마는 자주 들르지 못한다. 남편이 죽었고 아줌마도 나날이 말라가기 때문이다. 시셀웨니 언덕에 사는 사람은 누구나 그게 무슨 뜻인지 알고 있다. 언제나 아버지들이 먼저 몸이 마르고 약해지다가 결국은 엄마들의 손에 의해 땅에 묻힌다. 그 뒤 천만다행이게도 엄마의 무덤 앞엔 아이들이 남아있다.

점점 더 몸이 마르는 이웃 아줌마는 아들딸이 여섯이다. 그러니 밭에서 할 일이 많아도, 가끔 할머니를 찾아올 수 있다.

"툴라니, 너도 학교에 다시 다니렴." 아줌마가 말했다. 막내 아이가 아줌마 다리에 매달려 있었다. "이제 너처럼 큰 아이들도 학비를 내지 않아도 돼. 부모가 모두 사망했다면 학비는 면제야. 우리 국왕이 그렇게 정했어!"

아줌마는 부모를 잃은 아이들을 위해 국왕이 결정하였다고 생각했다.

하지만 선생님은 학비를 내지 않고 학교에 다니려면 사망확인서가 필요하다고, 그것도 국왕이 정했다고 툴라니에게 설명했다. 안 그러면 온 나라 아이들이 학비를 내지 않고 몰려들 테고, 게다가 교복도 공짜로 받으려 할지도 모른다고 했다. 그러니 부모님이 사망했다는 증거가 있어야 한다고.

"툴라니, 이해할 수 있지?" 선생님이 물었을 때 툴라니는 고개를 끄덕였다. 아버지와 엄마가 이제 하늘나라에서 예수님과 함께 계시다는 걸 그 아줌마들이 증명해줄 수 있을 거라고 생각을 했지만 선생님께는 말대꾸하는 게 아니니까. 예수님은 모두를 사랑하긴 해도 모두를 돌볼 수는 없는 것 같다. 어쨌든 모두를 동시에 돌보지는 못한다. 선생님은 사망확인서가 필요하다고 말한다. 국왕을 대리하는 **은랑가노**의 주 정부로 가야 한다고, 툴라니가 하는 말이 사실이라는 걸 증명하기 위해 촌장님도 함께 가야 한다고 알려주었다.

하지만 촌장님이 시간이 있을까? 사람이 죽을 때마다 사망확인서가 필요하다면 촌장님은 은랑가노에 상주해야 한다. 마을과 시셀웨니 언덕뿐 아니라 온 나라에서 사람들이 죽으니까. "예전에 이런 마을에서는 사망확인서 없이 죽었단다." 촌장님이 말했다. "지금도 마찬가지야. 종이 한 장 있다고 뭐가 달라지겠니?"

그래서 툴라니는 이제 더는 학교에 가지 않는다. 하기야 가봐야 뭐하나? 계산은 할 줄 알고 쓰기도 놈필로보다 잘하고 읽기도 더 잘한다. 게다가 오두막에는 신문도, 책도 없는데 뭘 읽겠는가? 그런 건 필요 없다. 넓은 모랫길을 따라 한 시간 걸어서 가게에 간다면 사고 싶은 물건을 손가락으로 가리키면 그만이다.

더구나 툴라니는 가게에 가지 않는다.

물을 길어 오고, 할머니에게 옥수숫가루를 가져다주고, 놈필로를 학교에 보낸 뒤에 툴라니는 다른 남자아이들과 축구를 할 때가 있다. 그 아이들도 학교에 다니지 않고 툴라니처럼 집에 있다. 바닥이 무척 평평한 고원에서 축구를 하기 때문에, 공이 아래로 굴러가서 저절로 골문에 들어가는 일은 없다. 봉지에 풀을 채우고 묶은 게 공이고, 가지를 땅에 꽂은 게 골대다. 아이들은 빨리 뛰고, 크게 소리도 지르며, 득점하면 서로 어깨도 두드린다. 또 모두 잘 웃어서 툴라니는 온몸으로 행복을 느낀다. 해가 서서히 더 높이 떠오르면 툴라니는 아이들이 학교에 가지 않으니 좋은 점도 많다고 생각한다.

하지만 경기를 하다 말고 문득 멈춰 서서 고원 너머를 바라보는 날도 많다. 언제 백인이 와서 운동장 가장자리에 서 있을지는 아무도 모르니까. 그렇게 온 백인들은 경기를 한참 지켜볼 것이다. 그러다가 반짝반짝 닦은 구두를 신고 검은 양복에, 어쩌면 검은 안경도 쓴 백인이 손가락으로 툴라니를 가리킬지도 모른다. 그럼, 신발을 신고 가죽 공으로 축구를 하는 백인들의 나라로 데리고 갈 테지. 그러면 툴라니는 돌로 만든 집과 자동차, 또 신발도 받을 수 있다.

이따금 백인들이 멀리서 비행기를 타고 와서 축구 하는 남자아이들을 지켜볼 때가 있다. 그건 누구나 아는 사실이다. 그래서 툴라니는 저녁에 깔개에 누워 그런 꿈을 꾸었다. 하지만 다른 아이들이 하는 말을 들어보면, 백인들은 큰길가의 아이들에게만 오는 것 같다. 또 그런 일이 생긴다면 툴라니는 행복을 찾겠지만, 둘만 남은 할머니와 놈필로는 어떻게 될까?

자주는 아니지만, 백인들은 이따금 언덕에도 온다. 백인들은 전국 곳곳을 돌아다니는데, 큰길가까지는 자동차를 타고 나타난다. 의사들은 일주일에 한 번씩 진료소로 오고, 진료소에 있는 훌륭한 간호사들은 그곳까지 올 힘이 남아 있는 사람들 모두를 도와준다. 툴라니도 엄마와 함께 간 적이 있다. 엄마가 너무 약해져서 오솔길을 지나 개천의 징검다리도 건넌 뒤에 모랫길을 따라 걷는 먼 길을 더는 걸어갈 수 없어지기 전의 일이다. 선선한 아침이나 해가 언덕 뒤로 넘어간 저녁에도 움직이지 못할 만큼 아프기 전에. 툴라니는 엄마와 그곳에, 진료소에 딱 한 번 갔다. 하지만 끔찍한 질병이 엄마를 숨 가쁘게 만들고 점점 더 야위게 한 뒤에는 어떻게 진료소까지 갈 수 있을까? 그러면 백인 의사들이 오솔길을 지나 엄마에게, 여기 오두막으로 와야 했나? 온 나라의 오두막에서, 끔찍한 질병이 예수님이 부를 때까지 환자들의 목숨을 갉아먹는다면 어디든 가야 하지 않을까?

큰길가에는 자동차에 탄 백인들이 있다. 이들은 너무 멀어서 새들도 날아가기 힘든 아주 먼 나라에서 왔다. 백인들은 손을 흔들고, 미소를 지으며 언제나 친절한 모습을 보여주고, 여러 좋은 일을 해준 뒤 돌아간다. 차를 타고 가면서 그들은 메고 있는 작은 상자로 차창 밖을 향해 찰칵찰칵 소리를 낸다. 할머니 말로는 그렇게 하면 사람은 알록달록한 그림이 되어 그 상자 안에 갇힌다고, 그러나 영혼만 갇히는 거라고 한다. 그런데 촌장님은 무슨 소리냐고, 영혼을 못 가둔다고 한다. 사실 아무도 정확하게는 알지 못한다.

백인들은 툴라니의 오두막에는 오지 않는다. 백인들은 차를 타고 오는데 이곳에는 도로가 없으니 어떻게 오랴? 그래도 한 번 온 적이 있다. 아마 촌장님이 그들에게 할머니 이야기를 했을 것이다. 백인들은 뭔가를 들고, 걸어서 오솔길을 따라 내려왔다. 그 사람들은 집이 너무 좁아서 할머니 다리를 넘어가며 그걸 오두막에 들여놓

왔다. 그러고는 할머니를 위해 좋은 뜻으로 가지고 온 게 뭔지 보여주었다.

밤에 잘 때 깔개 세 개를 펴기도 어려울 만큼 좁은 오두막 안에, 바퀴가 달린 반짝이는 의자는 이제 접힌 채로 서 있다. 할머니는 매일 의자를 본다. 할머니가 살아 있는 한, 의자는 할머니 것이다.

의자는 커서 펴면 문을 지나갈 수 없다. 게다가 의자는 바깥에선 쓸모가 없다. 급경사에, 땅바닥이 울퉁불퉁하고 돌이 많아 바퀴가 굴러갈 수도 없으니. 그렇다고 오두막 안에 두기엔 너무 크다. 밤에는 깔개를 펴야 하니까.

그래도 할머니는 반짝이는 의자를 보며 자랑스러워한다. 백인들은 큰길가에 사는 사람들뿐 아니라 할머니도 생각해 준 것이다.

언젠가 건기에 개울이 말라 물을 길어 오려고 물통을 머리에 이고 한 시간을 가야 했을 때, 툴라니는 좀 이상한 소리를 들었다. 처음 보는 어떤 아줌마가 해준 말이었다. 아줌마는 물 긷는 건 여자 일인데 왜 왔냐고 물었다. 그렇게 묻기는 했지만, 아줌마는 이미 대답을 알고 있었다. 아줌마는 백인들이 툴라니 같은 아이들을 위해 지은 마을에 관해 이야기해주었다. 돌로 만

든 집들이 있는데, 그곳에서는 하루 세 번 식사하며 신발도 신는다고 했다. 은랑가노는 걸어서 하루만 가면 된다.

그곳에 갈 때 툴라니는 가슴이 두근두근했다. 그날 툴라니는 축구장에 가지 않았다. 친구들에게는 아무 말도 하지 않았다. 놈필로에게는 다음 날 돌아오겠다고, 그러니 자기가 돌아올 때까지 할머니에게 물을 길어다 드리라고만 했다.

그 아줌마가 한 말은 사실이었다. 유리창이 달린 커다란 돌집들을 보자 툴라니는 기쁨이 샘솟았다. 길에는 돌판이 깔려 있고 그 사이에는 풀이 자랐다. 크고 작은 아이들이 사방에서 웃고 있었다. 아이들은 신발도 신었다. 모두 국왕님의 자녀라고 해도 믿을 정도였다.

하지만 툴라니는 가까이 갈 용기가 나지 않았다. 그래서 길가에서 3에말랑게니*에 옥수수를 팔고 있는 아줌마에게 물었다.

"사우보나*, 안녕하세요? 이 마을이 부모님이 없는 아이들을 위한 동네인가요?" 그때 불쑥 오두막이, 바닥에 앉아 있는 할머니와 물을 절대 길으러 가고 싶지 않을 놈필로가 떠올랐다. "부모님이 모두 돌아가신 아이들이에요?"

아줌마는 고개를 끄덕이고 툴라니를 머리끝

에서 발끝까지 훑어봤다. 그러고는 석쇠에서 살짝만 탄 옥수수를 들어 툴라니에게 건넸다.

"돈 내지 않아도 돼!" 아줌마가 말을 이었다. "그래, 정말 천만다행이게도 여기에 온 모든 아이들이 여기서 자기 가정을 찾고 있단다."

툴라니는 펜스를 물끄러미 쳐다봤다. 지금까지 한 번도 본 적이 없을 만큼 두껍고 가시철망이 쳐져 있었다. 문득 이 모든 게 불가능하겠다 싶었다.

"놈필로와 내가 떠나면 혼자 남는 할머니는 어떻게 되는 거지?" 툴라니가 읊조렸다. "놈필로와 내가 여기서 행복하게 살면 할머니는 누가 모셔?"

그러자 아줌마가 웃음을 터뜨렸다. "애, 걱정할 필요 없어. 너희는 여기서 행복하게 살 게 아니니까. 여기는 아이들 100명만 수용 가능하단다. 우리나라에 너 같은 아이가 얼마나 많은지 아니? 아이들이 다 들어가려면 이런 마을을 천 개는 더 지어야 할 거다. 아니, 더 많이! 이런 마을이 천 개라니! 말도 안 된다는 걸 너도 이제 알겠지? 함바 칼레*."

툴라니는 고개를 끄덕이고 아줌마에게 감사 인사를 했다. 옥수수는 정말 맛있었고, 또 한참이나 걸어서 집에 돌아가야 하니 그 전에 먹어 두길 정말 잘했다. 지금 이대로가 좋아. 안 그러면 할머니가 어떻게 되겠어?

여름에 이따금, 저녁 하늘에서 번개가 번쩍일 때면 툴라니는 유령들이 부른다는 걸 알고 있다. 그럴 때면 툴라니는 오두막 뒤편 무덤가에 앉아 엄마에게 이야기를 건넨다. 엄마는 툴라니의 말을 들을 테니까. 이 왕국이 '번개의 나라'라서 번개가 매일 희생자를 찾아다니긴 하지만 툴라니는 번개에 맞을까 봐 걱정하지 않는다.

무슨 일인가 일어나기를 기다리면서도 그게 뭔지는 모른다. 그저 지금 이대로가 좋다.

나는 아프리카에 사는 어떤 소년을 알고 있다. 그 아이는 열한 살이고 이 세상 그 어디보다도 아름다운 시셀웨니 언덕에 산다. 흐라티쿠루에서 멀지 않은 곳이다. 할머니와 여동생 놈필로와 살고 있다. 그 아이는 내일 어떤 일이 벌어질지, 또는 열두 살이 되는 1년 뒤에는 어떤 일이 벌어질지 생각하지 않는다.

그러니 이 이야기는 여기서 끝이 나지 않는다.

엄마의 책

손토는 때가 되었다는 걸 안다. 오랫동안 망설였고, 지금도 두렵다. 그래도 책이 든 깡통을 겨드랑이에 낀다. 책에는 지금이 그때라고 쓰여 있다. 지금까지 손토는 길을 나설 용기를 내지 못했다.

손토의 손을 잡고 있는 폴릴레가 졸려서 훌쩍훌쩍 운다. 해가 지평선 위로 떠오르고 잠이 완전히 깨면 울음을 그칠 것이다. 폴릴레는 아직 어려서 왜 지금 어디론가 가야 하는지 모른다. 손토는 폴릴레 혼자 남겨둘 수 없었다. 게다가 폴릴레도 '그 일'을 해야 했다. 책은 손토의 것일 뿐 아니라 모두의 것이고, 책에 쓰여 있는 말은 모두에게 적용된다.

브헤키는 손토가 어깨를 흔들어 깨우자 발길질을 해댔다. 원래는 함께 가야 하지만, 브헤키는 같이 오지 않았다. 그 아이는 학교에도 가지 않는다. 손토가 무슨 말을 하든 브헤키는 꿈쩍도 하지 않을 것이다. 그래도 컸으니 손토가 폴릴레를 데리고 나온 오두막에 혼자 있을 수는 있다. 브헤키는 열세 살이다. 페페니가 떠나던 때와 같은 나이이다.

손토는 '떠났다'는 말을 생각했다. 지금 자기가 폴릴레와 나선 것처럼, 엄마가 어느 날 아침 일찍 페페니 오빠를 깨워 손을 잡고 나서지 않았더라면 오빠가 떠나지 않았을지 가끔 생각해 보았다. 하지만 엄마는 자기 자신을 위해서도 그렇게 할 용기를 내지 못했다. 그러다 드디어 용기를 냈을 때는 이미 너무 늦었다.

엄마는 지금 책을 통해 손토와 폴릴레를 돕고 있다. 엄마는 그러길 원했다. 손토는 책이 든 깡통을 겨드랑이에 끼고서, 책이 망가지지 않게 조심한다.

폴릴레는 울음을 그쳤다. "넌 이제 다 큰 숙녀야!" 손토는 이렇게 말하고는 동생의 손을 다정하게 흔들었다. "강에 도착하면 좀 쉬자."

손토가 폴릴레 손을 잡고 **미로쉐니**에 도착하면, 점심때가 다 될 거다. 좀 더 일찍 가든, 늦게 가든 무슨 차이가 있겠는가? 폴릴레가 즐거운 기분을 유지하는 데 더 신경을 써야 한다. 자기 말을 동생이 듣게 하려면 오늘이 소풍날처럼

보여야 한다. 밤에 집으로 돌아와야 하는데, 손
토는 폴릴레가 피곤하다고 울까 봐 벌써 걱정이
다. 집에 오는 내내 업어줄 수는 없으니.

"이제 물 마셔도 돼!" 손토가 동생에게 말한
다. 손토는 집에서 병에 물을 넣어 가지고 왔다.
강에서 길어온 물통에 담겨 있던 물이다. 금세
강에 도착하니 물을 가져오지 않아도 되나 싶었
다. 하지만 그랬다가 강에 다다르기 전에 폴릴
레가 목마르다고 했다면 어쩔 뻔했나? 물을 다
마시면 강에서 물을 다시 채울 수 있다. "폴릴
레, 앉아!"

폴릴레는 마른 풀에 앉아 다리를 쭉 뻗고는
언니에게 말했다. "읽어줘!"

손토는 흐르는 물결의 반대 방향으로 병을 댄
다. 걸어가는 동안 물이 있으면 폴릴레는 배가
고프다고 하지 않을 것이다.

"읽어줘!"

폴릴레가 또 조른다.

손토는 병뚜껑을 돌려 물병을 닫는다. 플라스
틱병에 쓰여 있는 글씨는 다 지워져서 알아볼
수 없다. '세 테(ce Te)'라고 쓰여 있는데, 손토
는 그게 원래 어떤 글귀였는지 알고 싶었다. '세
테'는 낯선 음료수 이름처럼 들린다. 어쩌면 달

콤할지도, 어쩌면 사람들이 빚은 마룰라 맥주처럼 취하는 맛일지도 모른다. 하지만 병에는 물만 들어 있다. 이런 길을 가면서 누가 마룰라 맥주를 마시려고 할까.

"자, 그럼!" 손토가 말한다. 손토는 폴릴레에게 책을 읽어줄 때면 늘 그렇듯이 비밀스럽게 이야기를 시작한다. 가끔 브헤키도 옆에 있을 때가 있다. 다시 말하지만 가끔만 그렇다. 함께 앉는 법은 절대 없고 팔짱을 낀 채 몇 걸음 떨어진 곳에 서 있다. 그래도 고함을 지르거나 손토의 손에 들린 책을 빼앗지는 않는다. 손토는 처음에 브헤키가 그럴까 봐 걱정했다. 브헤키는 손토가 다 읽지 않았는데 먼저 자리를 뜨기도 한다.

손토는 조심스럽게 깡통을 연다. 혹시 흰개미도 엄마가 쓴 글이 뭔지 알고 싶어 하진 않을까? 엄마는 그걸 미리 알았을까? "흰개미는 자기가 읽은 걸 먹어치운단다!" 엄마는 이렇게 말하고는 웃음을 터뜨렸다. 엄마는 마지막까지 재미있는 말을 하곤 했다. 하지만 웃음은 언제나 기침으로 변했다.

흰개미들이 책을 먹지 않는다면 혹시 비가 책에 손상을 끼치는 게 아닐까? 엄마는 그걸 미리 알았을까? 날씨가 거칠어지고 오두막 초가지붕에 점점 더 큰 구멍을 내는 폭우가 쏟아져 (그런데 브헤키가 지붕만이라도 조금 손을 볼 수는 없을까? 최소한 그것만이라도?) 책이 젖어서 풀어지는 일은 없을까? 두꺼운 판지 상자로 만든 책 표지와 안쪽 종이에 쓰인 글씨들은? 엄마는 웃는 얼굴을 크게 그려서 가리려고 했지만, 판지에 적힌 알파벳 몇 개는 여전히 보인다. 이 모든 걸 엄마는 예측했고, 그래서 손토는 큰길가에 있는 가게에서 깡통을 가져왔다. 원래 비스킷이 들어 있던 깡통이었다. 손토는 그래도 남아 있는 그림 덕분에 그게 비스킷 깡통이었다는 걸 알고 있다. 깡통은 아직 쓸 만하고 게다가 바로 돈을 내지 않아도 되었다. 손토는 1릴랑게니* 또는 몇 센트만 생겨도 가게에 가서 돈을 낸다. 가게 주인은 재촉하지 않는다. 주인은 손토가 왜 깡통이 필요한지 알고 있다. 다른 아이들도 그에게 와서 깡통을 가지고 가기 때문이다. 오래전부터.

"이 회고록은⋯⋯." 손토가 읽기 시작하자 폴릴레는 손토의 팔에 몸을 기댄다. 다음 문장은 둘이 함께 말한다. "손토와 브헤키, 폴릴레에게 남긴다." 자세히 보면 '브헤키'와 '폴릴레'는 다

26

른 필기구로 쓰였다는 걸 금방 알 수 있다. 필체
도 다르다.

처음에 엄마는 아이마다 한 권씩 써주려고 했
고, 일단 손토부터 시작했다. 페페니가 떠난 뒤
로는 손토가 맏이니까. 하지만 엄마에게 남은
시간은 얼마 되지 않았다. 그래서 손토는 두 동
생의 이름을 적어 넣었다. 엄마도 그걸 원했을
것이다. 손토는 책을 읽을 때면 '너'라고 쓰인
곳을 '너희'라고 말하고, 또 없는 말을 지어내기
도 한다. 폴릴레가 글을 읽기 전까지는 상관없
다. 폴릴레는 책에 쓴 이야기를 듣는 걸 좋아하
니까. 손토는 나중에 다 설명해줄 작정이다.

"좋아." 폴릴레가 만족스러운 표정으로 말한
다. "외할머니 이야기부터 먼저 읽어줘."

손토는 폴릴레가 그 부분을 듣기 좋아한다는
걸 안다. 사진이 있기 때문이다. 또 엄마가 그랬
듯이 손토도 그걸 읽으면서 늘 농담을 하니까.
이제는 폴릴레도 농담에 참가한다. 손토는 조심
스럽게 책장을 넘긴다. 종이들이 판지 사이에
가느다란 노끈으로 묶여 있어서 뜯어지지 않게
조심해야 한다.

"네 외할아버지와 외할머니는 루봄보 출신이란다. 티
쿠바에서 멀지 않은 곳이지." 손토가 책을 읽는다. "루봄

보는 땅이 편평하고 우리가 사는 이곳 언덕보다 더워. 남아프리카공화국에 있는 산들이 아주 가까이 보이지. 네 외할아버지는 남아프리카공화국의 광산에서 일했단다."

"이제 외할머니 이야기!" 폴릴레가 웃으며 말하고는, 사진에 있는 외할머니를 집게손가락으로 가리킨다. 손토가 보니, 사진 색깔 아래로 하얀 종이가 흐릿하게 비쳐 보인다. 폴릴레는 그정도로 자주 그 자리를 손가락으로 짚었다.

"외할머니는 힘이 세고 무척 뚱뚱했어." 손토가 다시 읽기 시작한다. "사진에 있는 여자는 네 외할머니가 아니야. 하지만 네 외할머니는 이 여자만큼이나 뚱뚱했단다."

"코끼리처럼! 촌장님처럼!"

폴릴레가 외친다.

"그래, 외할머니는 그렇게 뚱뚱했어." 손토는 외할머니를 본 적도 없으면서 그렇게 말한다. 사진으로도 본 적이 없다.

책에 있는 사진은 잡지에서 오린 것이다. "네 외할머니는 이렇게 뚱뚱했어!" 엄마가 말했다. "사진에 있는 이 여자와 똑같이 뚱뚱했지. 네 외할머니가 어떤 모습이었는지 이제 너도 알겠지?" 엄마는 마지막까지도 재미있는 말을 했다. 손토는 그 사진을 책에 붙였다.

"이제 울음 부분 읽어줘!" 폴릴레가 요구한다.

손토는 동쪽으로 흘낏 눈길을 돌린다. 강가에 오래 앉아 있으면 안 된다. 해가 높이 뜨기 전에 미로쉐니에 도착해야 한다.

"울음 부분 읽어줘! 그러면 다시 걸을게."

손토는 고개를 끄덕인다. 여기서는 거짓말을 해야 한다. 하지만 '손토'가 있는 자리를 '폴릴레'라고 읽는다 해도 무슨 상관이 있겠는가? 폴릴레도 태어날 때 울었을 테니까. 엄마가 폴릴레를 낳고 당연히 기뻐했을 테고, 또 폴릴레가 이 이야기를 이렇게 좋아하는데.

나중에 폴릴레가 글을 읽을 줄 알게 되면 손토는 다 설명해줄 작정이다.

"폴릴레, 너를 낳는 데 22시간이 걸렸단다. 넌 무척 힘이 넘치는 아기였어. 태어나자마자 우렁차게 울었지. 얼마나 크게 울었던지, 나는 천장이 무너져 내리는 줄 알았단다. 다행스럽게도 천장은 무너지지 않았어. 나는 기운찬 내 딸이 무척 자랑스러웠지. 네가 태어나서 모두 기뻐했어. 젖이 먹고 싶을 때도 너는 늘 아주 크게 울었단다. 그러자 사람들이 더는 기뻐하지 않았어. 이건 농담이야."

"난 지금도 아주 크게 울 수 있어." 폴릴레가 만족스러운 표정으로 말한다. "으아아아아아!"

손토가 자리에서 일어나 치마를 털고 말한다. "가자."

둘은 강을 건너간다. 오랫동안 비가 내리지 않아서 강은 실개천에 불과하다. 강 한복판에서도 겨우 발만 젖는다. 건너가면서 폴릴레는 발가락으로 강바닥을 계속 쑤신다.

"찰방, 찰방!"

"하지 마!"

손토가 말린다.

손토는 큰길가 가게에서 두꺼운 판지부터 가지고 왔다. 깡통은 없었다. 가게에는 종이상자가 항상 있었다. 주인이 종이상자에 든 물건을 받으니까. 종이상자가 필요한 사람들이 늘 찾아오기 때문에 가게 주인은 상자를 버리지 않고 모아둔다. 그는 손토를 위해 판지를 반듯하게 오리고, 종이를 판지 사이에 넣고 노끈으로 묶을 수 있게 못으로 구멍도 몇 개 뚫어주었다. 종이는 학교에서 받아왔다. 손토는 선생님이 종이를 그렇게 줘도 될까 괜찮을까 생각했다. 어쨌든 선생님이 종이를 줬고, 나중에는 점점 더 많이 줬다.

"벌써 다 썼니?" 선생님은 그렇게 묻곤 했다. 선생님은 책을 쓰지 않았다. 자기 아이들은 책이 필요 없다고 생각한 걸까? 아니면 아이가 없나?

처음에 엄마는 글을 직접 썼다. 오두막 앞 땅

바닥에 앉아 글을 쓰다가 이따금 웃음을 터뜨리기도 했다. 그럴 때면 손토에게 자기가 쓴 글을 읽어주기도 했지만 읽다 보면 기침이 나와서 멈춰야 했다. 어쨌든 처음에 엄마는 혼자서 글을 썼다.

언젠가 한 번은 엄마가 글을 쓰다가 울었다. 손토는 엄마에게 가지 않았다. 엄마가 왜 울었는지 이야기해주길 바라지도 않았다. 그래도 엄마는 설명해주었다.

"손토, 이 책은 원래 페페니의 것이란다. 하지만 이제 페페니에게는 쓸 수가 없잖니."

손토는 엄마가 우는 이유가 페페니 오빠가 떠나서라고 생각했다. 그때는 페페니가 떠나고 얼마 지나지 않은 때였다. 엄마는 페페니에게 남길 책은 쓸 수 없게 되었다.

"페페니에게 쓸 수 없으니 너에게 쓴다." 엄마가 말했다. "내가 떠나기 전에 써서 남겨야지. 손토, 이건 슬픈 이야기란다. 브헤키나 폴릴레에게는 쓰지 않아. 둘은 아직 어리니까."

엄마는 브헤키와 폴릴레에게는 아무것도 쓰지 못했다. 하지만 그 슬픈 이야기는 손토의 책에 쓰여 있다. 지금은 브헤키와 폴릴레의 책이기도 하지만, 손토는 폴릴레에게 그 이야기를 한 번도 읽어주지 않았다. 혹시 브헤키는 이미 읽었는지도 모른다. 손토는 그 일에 대해서는 브헤키와 이야기하지 않았다.

"손토, 그 일은 내가 소녀였을 때, 루붐보구에 살 때 일어났단다. 네 외할아버지는 광산에서 일하려고 남아프리카공화국으로 떠났어. 외할아버지의 동생이 외할머니와 아이들을 돌봤지. 그 동생은 광산에서 일하기를 싫어했어. 손토, 그 일이 일어났을 때 나는 네 나이보다 많지 않았단다. 그는 사실 우리를 돌보지 않았어. 전혀 다른 짓을 했지. 손토, 말로 할 수 없는 일이야. 그는 다른 사람들에게 알리면 나를 죽일 거라고 협박했다. 페페니는 그렇게 태어난 거야. 나는 돈을 벌려고 맛사파로 가서 공장에 취직했어. 페페니와 나를 위해서 말이야. 맛사파에서 네 아버지를 만났지. 좋은 사람이었어. 우리는 일자리가 없어서 네 아버지 가족이 사는 시셀웨니로 돌아왔단다. 네 아버지는 페페니를 아들로 대했지. 그래도 나는 페페니의 친아버지가 누구인지 절대 말하지 않았다. 나는 거짓말을 했어. 날 용서해 다오. 세상에는 말할 수 없는 일들도 있단다. 하지만 손토, 이제 내가 곧 떠나야 하니 그 이야기를 하려고 한다. 그러지 않으면 나와 함께 진실도 떠날 테니까. 그러면 그 일은 세상에 존재하지도 않았던 일이 되어버리겠지. 그러니 누군가 알아야 한단다. 손토, 이제 네가 아는 거야. 나는 매일 밤 잠들지 못하고 누운 채 그 생각을 했다. 지금도 여전히. 손토, 네 동생들을 잘 돌봐주렴. 잘 돌봐줘."

그랬다, 손토는 처음에 학교에서 종이를 계속 새로 가지고 와야 했다. 처음에 엄마는 쓰고 또 썼고 글씨도 힘찼다. 나중에는 글줄이 아래로 조금씩 미끄러져 내려왔다.

"언니, 내 말 안 듣고 있잖아!" 폴릴레가 말한다. 두 자매 앞에 도로가 가로 놓여 있다. 붉은 모래가 발밑에서 점점 뜨거워진다. "우리 미로쉐니에서 뭐 할 거야?"

"말했잖아. 비밀이라고." 손토가 대답한다.

폴릴레가 눈썹을 찌푸린다. "그걸 말하지 않았잖아! 비밀을 말하지 않았다고."

"내가 엄마랑 갔던 곳을 보여줄게." 손토가 말한다. 그건 절반만 사실이다. 이제 뭔가 설명을 해야 한다. "그게 비밀이야. 거기로 이제 가는 거지. 우리 둘만. 내가 늘 엄마와 함께 왔던 곳이 어딘지 알려줄게."

폴릴레는 혼란스러운 표정이다. 손토가 생각하기에 폴릴레가 엄마를 아직 기억하는 것 같다. 확실하다. 얼마 지나지 않았으니까. 하지만 너무 어려서 잊은 건 아닐까? "브헤키 오빠는 같이 오지 못해!" 폴릴레가 만족한 표정으로 말한다.

"그래, 우리 둘만의 비밀이야." 손토가 대답한
다.

처음에는 엄마의 비밀이었다. 엄마는 처음에
어디로 가는지 말하지 않았다. 두 번째로 다녀
와서는 눈물을 흘렸다. 하지만 무슨 일인지 알
려주지는 않았다. 그 후 얼마 지나지 않아 엄마
는 손토에게 종이상자를 구해오라고, 학교에서
종이도 가져오라고 했다.

엄마는 처음에 늘 혼자 썼고, 불에 얹은 옥수
수 죽을 혼자서도 저을 만큼 힘이 남아 있었지
만, 손토는 사람들이 미로쉬니에서 엄마에게 무
슨 말을 했는지 눈치챘다. 엄마가 울기 전에, 엄
마가 처음 그곳으로 가기 전에 이미 알았다. 엄
마가 점점 말라 갔고 음식을 모두 토했다. 기침
을 심하게 해서 폴릴레가 이따금 도망칠 때도
있었다.

시간이 지나자 이제 더는 비밀이 아니었다. 이
촌락과 언덕, 사방에서 너무나 많은 사람이 이
미 그렇게 떠났는데, 엄마가 진실을 말하지 못
할 이유가 어디 있을까? 자기 잘못도 아닌데 엄
마가 창피해야 할 이유가 어디 있을까? 손토는
동쪽 루봄보구에 산다는 외할아버지의 동생을

생각한다. 엄마가 페페니 오빠를 감염시켰다면,
그 병은 오빠를 낳을 때 이미 엄마 속에 숨어 있
었다는 뜻이다. 손토는 떠나간 아버지도 떠올린
다. 이 모든 일은 외할아버지의 동생 때문이다.

"손토, 이제 나를 도와줘야겠다!"

어느 날 엄마가 숨을 헐떡이며 속삭였다. 엄마
는 이마가 뜨겁고 눈이 번들거렸다. 오래전부터
미로쉐니에는 가지 못했다. 간호사가 오두막으
로 찾아오긴 했다. 자주 오지는 못했다. 간호사
들은 시간이 별로 없고 거리도 너무 멀었다. 또
오두막에 누워 지내는 사람들이 너무 많을뿐더
러 이제 뭘 더 도울 수 있단 말인가.

그날부터 손토는 학교에서 가지고 온 종이에
글을 쓰기 시작했다. 글씨체는 동글동글하고 깔
끔해졌고, 줄 가장자리 아래로 미끄러져 내려가
지도 않았다. 손토는 단정한 자기 글씨체가 자
랑스러웠다. 그래도 엄마가 힘없는 글씨체로 계
속 쓴다면 그게 더 좋겠다고 생각했다.

"너와 보낸 가장 아름다운 시간을 추억하며!"
엄마가 속삭였다. "위에다 그렇게 쓰렴. 손토,
듣고 있니?"

손토는 엄마 이마의 땀을 닦아내면서, 폴릴레
와 브헤키를 위한 책을 쓸 시간은 없을 테니, 그

둘과 보낸 가장 아름다운 시간도 함께 쓰라고 말할 용기는 내지 못했다. 손토는 고개를 끄덕이고 받아쓰기 시작했다.

"손토, 넌 착한 아이였다. 또 명랑한 아이였지. 어렸을 때 너는 참 많이 웃었단다. 네가 가장 좋아하던 장난감은 이웃집 여자가 준 인형이었어. 그 집 막내가 떠난 뒤에 너에게 물려주었지. 인형을 가지고 있는 다른 아이는 없었어. 이웃집 여자가 직접 바느질해서 만든 인형이었단다. 손토, 너는 그 인형과 이야기를 나누었고, 네가 먹을 때면 인형에게도 먹였지. 그래서 인형 얼굴에 얼룩이 많이 생긴 거란다. 나는 네가 훌륭한 엄마가 되리라는 걸 알았어. 이제 그 인형은 폴릴레가 가지고 있지. 폴릴레를 잘 돌봐주렴."

손토는 다 외우고 있어서 책을 들여다볼 필요도 없다. 책을 떠올리면 마치 엄마가 직접 말을 건네는 것 같다. 무더운 동부 평지에서 살던 엄마의 어린 시절과 공장에 다니던 시절, 손토의 아버지 이야기, 아버지가 엄마에게 말해준 아버지의 인생, 충고, 재미있는 이야기와 기원. 그러나 손토가 가장 좋아하는 건 '내가 너에게 빌어주는 것'을 쓴 곳이다.

"내가 너에게 빌어주는 것.

손토, 정말 많이 사랑한다. 너보다 더 나은 딸을 둔 엄마는 이 세상에 없을 거야. 정말 사랑해. 네가 행복하게 살기를 바란다. 병이 네 몸속에 숨어 있지 않기를, 그러나 혹시 숨어 있다면 네가 태어날 때 나에게서 받은 거란다. 아름다운 내 딸 손토, 나를 용서해 주렴! 병이 아직 바깥에서 너를 노리고 있다면 절대 잡히지 않게 조심하기 바란다. 아름다운 내 딸 손토, 조심해야 한다! 나한테 무슨 일이 일어났는지 보렴!

네 인생을 위해 학교를 끝까지 다니길 빈다. 학교에 다니려면 교복과 신발을 살 돈을 마련해야 해. 학교에 안 간 날은 굶은 날보다도 못한 날이란다. 손토, 공부해야 해. 그러면 아마 좋은 일자리를 구해서 안락한 삶을 살 수 있을 거야. 병이 없는 훌륭한 남편도 만날 거고. 손토, 정말 사랑한다. 난 떠나더라도 너를 지켜줄 거야. 그리고 조상님들도 모두 그렇게 할 거다. 내가 그분들에게 부탁할 테니까."

손토는 걸어가면서 코를 쓰다듬는다. 엄마는 그 글을 불러주면서 눈물을 흘렸다. 그 뒤로 떠나기까지는 그리 오랜 시간이 필요치 않았다. 엄마는 갑자기 웃음을 터뜨렸다. 흐느낌이나 기침처럼 들렸지만 손토는 그게 웃음이라는 걸 알고 있었다.

"뚱뚱한 네 외할머니도!" 엄마가 속삭였다. 엄마는 마지막까지도 재미있는 이야기를 했다. 손토는 그게 무슨 뜻인지 잠깐 생각했지만, 루봄 보구에 살던 뚱뚱한 할머니도 자기를 지켜준다는 말이라는 걸 알아채고는 엄마와 함께 웃었다. 손토는 조상님들이 자기를 지켜준다는 생각을 자주 한다. 엄마가 부탁했으니까. 그래서 손토는 혼자가 아니다.

"거의 다 왔어?" 폴릴레가 묻는다. 손토는 이제 폴릴레의 교복과 신발도 준비해야 한다. 어디서 교복과 신발을 마련할지 알아내야 한다. "잠깐만 앉아봐." 손토가 말한다. "곧 도착해. 다시 한 번 읽어줄게." 폴릴레는 길가 풀밭에 주저앉는다. 여름이 끝나갈 무렵이라서 풀에는 먼지가 끼어 붉고 바짝 말라 있다. "난 사랑스러워! 엄마는 나를 엄청 사랑했어." 폴릴레가 말한다.

손토는 깡통을 열고 책을 펴서 읽기 시작한다. 사실 모두 외우고 있어서 책을 펼 필요도 없다.

"내가 너에게 빌어주는 것.

폴릴레, 정말 많이 사랑한다. 너보다 더 나은 딸을 둔 엄마는 이 세상에 없을 거야. 정말 사랑해. 네가 행복하게 살기를 바란다. 병이 네 몸속에 숨어 있지 않기를, 그러나 혹시 숨어 있다면 네가 태어날 때 나에게서 받은 거란다. 아름다운 내 딸 폴릴레, 나를 용서해 주렴! 병이 아직 바깥에서 너를 노리고 있다면 절대 잡히지 않게 조심하기 바란

38

ubaiendlela lungathi
prju kubsintfu / kumun
wako. kungaba send
kilephansini
la nom

다. 아름다운 내 딸 폴릴레, 조심해야 한다!"

"병은 나를 노리지 않아!" 폴릴레가 단호하게 말한다. 그 병이 잘 웃고 잘 뛰고 인형에게 음식을 먹일 때면 키스를 퍼붓는 소녀를 침범할 이유가 어디 있단 말인가? 손토가 밤에 깔개를 깔아주면, 아직 힘이 많이 남아서 자려고 하지 않는 쾌활한 어린아이를.

그러나 페페니도 잘 웃었고 잠자리에 들려고 하지 않았다. 그러니 이제 둘은 미로쉐니로 가야 한다. 손토는 그러겠다고 엄마에게 약속했다. 이제 알아야 한다.

"나는 엄마의 아름다운 딸이야." 폴릴레가 말한다. "언니, 언니도 아름다운 딸이야?"

손토는 학교와 배움, 또 엄마가 뚱뚱한 외할머니에 대해 했던 말도 읽어준다.

"맞아. 조상님들이 모두 지켜줘." 폴릴레는 이렇게 말하고는 손토가 깡통을 다시 닫는 모습을 지켜본다. "비밀에 도착하려면 아직 멀었어?"

손토는 치마에 묻은 먼지를 다시 한번 털고 대답한다. "아니, 멀지 않아! 폴릴레, 발걸음을 세어봐. 너 숫자를 셀 수 있잖아."

폴릴레가 진지한 표정으로 고개를 끄덕이는 한동안 숫자세기에 열중한다. 10까지 세고 나서는 숫자가 뒤섞이기 시작한다. 손토는 그 소리에 귀를 기울인다. 얽히고설켜서 20까지 센 뒤에는 1부터 다시 시작한다.

"네가 행복하게 살기를 바란다. 병이 네 몸속에 숨어 있지 않기를."

모퉁이를 돌면 곧 미로쉐니 진료소가 나타날 것이다. 커다란 안내판에는 그곳에서 간호사 두 명이 어떤 도움을 주는지 자세하게 쓰여 있다. 간호사는 친절하다. 친절하지만 피로에 지쳐 있다. 손토는 아직도 그걸 기억한다. 일주일에 한 번씩 자동차를 타고 오는 백인 의사들도 기억한다. 의사들의 눈빛은 화가 나 있다. 사람에게 화가 난 게 아니라, 아무리 애를 써도 사라지지 않는 질병 때문이다. 그런 다음 의사들은 각자 자기 나라로 돌아간다. 그 나라는 늘 춥고, 질병은 그곳으로 따라가지 않는다. 의사들은 어쩌면 환자들이 견딜 수 없다는 걸 잊어버렸는지도 모른다. 어쩌면 기억할지도 모르겠다. 희망이라고는 없는 눈동자와 심한 기침, 터진 피부를. 엄마와 아빠와 아이들을, 너무 늦게 온 사람들을, 너무나 늦게 온 많은 사람들을.

그래서 손토는 오늘 아침 일찍 폴릴레를 깨웠다. 아빠와 엄마, 페페니 오빠에게 무슨 일이 일

41

어났는지 손토는 봤다. 마지막에 엄마는 문장을 불러줄 힘도 없었지만, 손토가 여기 오길 분명히 원했을 것이다. 손토는 머릿속에서 엄마의 목소리를 들었고, 그래서 문장들을 자기가 써넣었다. 폴릴레와 브헤키는 손토가 혼자 썼다는 걸 절대로 알아서는 안 된다. 이건 손토가 썼지만 엄마의 문장들이다.

손토는 오두막 깔개에 누워 헉헉거리던 엄마의 숨결이 멈춘 직후에 그 글을 썼다.

엄마의 눈길이 몇 시간 전부터 아무도 모르는 먼 허공을 향하고 있을 때부터, 엄마가 숨을 헉헉 몰아쉴 때부터 손토는 옆에 앉아서 엄마의 손을 잡고 있었다. 숨과 숨 사이가 길어지고 한숨처럼 들릴 때에야 손토는 폴릴레와 브헤키를 불렀지만, 브헤키는 오지 않았다. 폴릴레가 엄마 얼굴을 쓰다듬었다. 폴릴레가 아는 얼굴은 이것뿐이다. 엄마의 웃는 눈과 둥근 뺨을 모른다. 폴릴레가 아직 어리고, 엄마는 늘 깔개에 누워 있는 사람이다. 폴릴레에게 엄마는 늘 이런 모습이었다. 엄마의 숨결이 멎었다.

손토는 잠시 기다렸다가 기도하려고 폴릴레의 손을 모아주고 자기 손도 모았다. 기도가 끝난 후에는 폴릴레를 이웃 아줌마에게 보냈다.

혼자 가기에는 어렸지만, 브헤키는 옆에 없고, 손토는 엄마 옆에 좀 더 있어야 하니 어쩔 수 없었다.

"폴릴레, 엄마가 떠났어. 이웃 아줌마에게 가서 여기로 오시라고 해." 손토의 말에 폴릴레가 길을 나서 언덕을 넘었다. 울지 않았고, 소식을 혼자 전하러 가게 되어 자랑스러웠다. 이제 다 큰 숙녀가 된 거였다.

손토는 그대로 남았다. 엄마 옆에서 책을 펴고 글을 쓰기 시작했다.

이제 엄마는 쓸 수 없게 되었으니까.

"손토, 너희가 미로쉐니 진료소에 가길 바란다. 셋 모두 가라. 두려움이 크겠지만 너희 상태가 어떤지 알면 좋겠어. 결과가 좋다면 나는 주님께 감사할 거고, 너희는 걱정할 게 없겠지. 하지만 애들아, 만약 질병이 너희 안에 숨어 있다면 나를 용서해 다오! 미로쉐니에서 약품 지원을 받으렴. 그러면 오랫동안 행복하게 살수 있어."

엄마라면 이렇게 썼을 테니까 손토는 이 문장을 써넣었다. 폴릴레와 브헤키는 이 작은 거짓말을 알 필요가 없다.

손토는 이제 숨을 쉴 때마다 힘겹게 싸울 필요 없이 평화로운 얼굴로 깔개에 누워 있는 엄마를 바라봤다. 엄마의 눈을 감겨주고, 엄마의 이름으로 글을 쓴 것에 용서를 빌었다. 하지만 용서를 빌 필요가 없다는 건 알고 있었다. 엄마는 맏딸이 그렇게 하길 바랐을 테니까. 손토는 폴릴레가 이웃 아줌마와 함께 돌아올 때까지 엄마 옆에 앉아 있었다. 폴릴레는 이웃집 아줌마를 혼자 불러온 게 자랑스러웠다.

손토는 엄마가 아직 엄마로 있을 때 오래 보고 싶었다. 아직 목숨이 있는 것처럼, 금방이라도 눈을 뜨고, 웃으며 이렇게 말할 것처럼 보이는 동안. "아름다운 내 딸 손토, 내가 떠난 줄 알았지?"

살아 있는 것처럼, 정말 살아 있는 것처럼 보이는 동안.

하지만 손토는 페페니 오빠와 아빠의 경우를 봤으므로, 엄마가 이런 상태로 오래 있지 못한다는 걸 알았다. 깔개에 누워 있는 저 따뜻한 몸에서 엄마는 곧 완전히 사라지고 얼굴도 텅 빌 것이다. 오래 걸리지 않는다. 그러면 손토는 낯설어질 저 얼굴이 아니라 다른 곳에서 엄마를 찾아야 한다. 그 전까지는 엄마 옆에 머물고 싶었다.

"보인다!" 폴릴레가 이렇게 외치고는 도로의 붉은 먼지 속에서 깡충깡충 뛴다. 긴 말뚝이 박

힌 안내판이 덤불 위로 솟아 있고, 오른쪽 부분이 경첩에 비스듬하게 매달린 검은 철제문이 보인다. "언니, 이제 우리 다 온 거야?"

하얀 회칠을 한 방갈로 앞, 바짝 마른 땅바닥에 두 남자가 벽에 머리를 기대고 앉아 있다. 한 남자는 눈을 감고 있다.

"그래, 다 왔어!" 손토가 대답한다. "폴릴레, 넌 이제 다 컸어. 이렇게 멀리 올 수 있잖아! 곧 미로쉐니 진료소를 보게 될 거야. 살짝 따끔해도 울지 않을 거지? 이제 다 컸으니까!"

폴릴레가 출입문 안으로 들어갔다. 등받이 없는 나무 벤치와 바닥에 앉아 참을성 있게 기다리는, 환자들이 가득한 그 공간을 호기심 어린 시선으로 둘러본다. 남자와 여자, 어린이 들이다. 팔이 하나 부러지거나, 추수하다 곡괭이로 발을 찍은 사람도 있다. 간호사들이 도와줄 것이다. 일단 등록부터 하고, 왜 왔는지 말해야 한다.

폴릴레가 손토의 다리에 매달리며 당황한 표정으로 묻는다. "정말 아주 살짝만 따끔한 거지? 그게 비밀이야?"

"그래, 그게 비밀이야!" 손토는 이렇게 대답하고, 커다란 책을 펴들고 있는 간호사에게 다가간다. 이제 간호사는 손토와 폴릴레의 이름을 적고, 그 뒤에 둘이 검사하러 온 날짜도 적을 것이다.

간호사는 미소를 지으며 폴릴레의 머리를 쓰다듬는다. 손토는 폴릴레에게 진짜 비밀은, 진료소에 다시 한번 올 때까지 비밀로 남을 거라는 말을 하지 않는다.

"나는 엄마의 아름다운 딸이에요!" 폴릴레가 깡통을 가리키며 간호사에게 말한다. "저 안에 그렇게 쓰여 있어요."

둘은 백인 의사가 피곤한 얼굴에 미소를 띠고 기다리는 방으로 들어간다. 손토는 엄마가 하늘에서 자기를 내려다보며 분명히 자랑스러워할 거라고 생각한다. 조상님들 모두와 루봄보구의 뚱뚱한 할머니도.

야부의 신발

  남자는 아침에 룽길레에게 어디로 데려다줄까 물었다. 두 번째 남자였다. 그가 친절한 마음에서 물었다는 건 룽길레도 느낄 수 있다. 남자는 땀을 많이, 아주 많이 흘렸다. 젊지 않은 사람이었다. 분명히 가정이 있겠지. **모잠비크** 마푸투 인근 어딘가에 아내와 아이들이 있을 거고. 남자는 그 인근 어딘가에서 왔다. 룽길레는 그 정도만 알아들었다. 남자와는 영어로 말했다. 어쨌든 그는 싹싹했다. 어디로 데려다줄까라는 질문도 친절한 마음에서 나온 거였다.

  룽길레는 차에서 내린 뒤, 잠을 자기 위해 주유소 뒤편에 누웠다. 하지만 룽길레는 이따금 경찰이 검문하러 온다는 그 남자의 말에 깊은 잠에 들 수 없었다. 룽길레는 해가 막 떠오를 무렵 잠에서 깼다.

  만지니 시장까지는 멀지 않다. 갈 길이 두렵지는 않지만, 다 닳은 슬리퍼를 신고 있어서 도로가 딱딱하게 느껴졌다. 적당한 신발을 구할 수 있다면, 자동차 운전사가 차를 세워 집에 데려다준다면 오늘 저녁 집에 도착할 수 있을 것이다. 룽길레는 어깨를 으쓱하고는 억지로라도 집만 생각하기로 마음먹었다. 자동차 운전사가 고속도로에서 태워, 어쩌면 넓고 붉은 모랫길 마지막 몇 킬로미터까지를 데려다줄지도 모른다. 그다음에는 자동차가 다니지 않는 언덕길을 걸어가야 한다. 룽길레는 어두워도 길을 찾을 수 있다. 동생 야부가 이틀 밤이나 혼자 지내게 해서는 안 된다.

룽길레는 작은 나뭇가지를 꽉 움켜쥔다. 밤새놓지 않았던 나뭇가지다. 어제도 종일 놓지 않았다. 나뭇가지를 잃어버리면 이 여정은 헛수고가 된다. 새로 구하려면 다시 돌아가야 한다.

여긴 어쩜 이렇게 시끄러울까! 남아프리카에서 남아프리카까지, 맛사파에서 만지니까지 온 나라의 자동차 엔진이 내는 시끄러운 소리. 이것 또한 소음의 작은 일부분이다. 시내 거리는 웃음소리와 서로 부르는 소리 등 사람들 목소리로 그득하다. 이렇게 많은 자동차와 이렇게 많은 사람. 룽길레는 처음엔 이 모든 게 두려웠다. 하지만 지금은 그렇지 않다. 그 밤을 지내고 나니 이제 아무것도 두렵지 않다.

도시 사람들은 바쁘다. 이곳은 갈 길이 멀지 않는데도 그렇다. 룽길레는 바지를 입은 소녀가 벽에 붙은 기계에서 돈을 꺼내는 걸 바라본다. 백인 남자는 카메라를 들고 있다. 의사가 아닌 것 같다. 맨발로 다니는 사람은 아무도 없다.

높고 튼튼한 집들이 있는 이 길을 룽길레는 기억하고 있다. 옆의 오두막 간판은 붓으로 '신발 수선과 이발'이라고 영어로 써 놓았는데, 햇빛과 비에 색깔이 바랬다. 뒤엉킨 목소리들이 점점 커진다. 바로 여기서 시장이 시작된다.

룽길레는 넓은 홀을 흘낏 바라본다. 상인들이 햇빛을 피해 바나나, 복숭아, 사과 그리고 이름을 모를 과일들을 이곳에서 판다. 과일은 트럭에 실려 만지니로 갈 것이다. 트럭은 생각조차 하기 싫다. 양파와 감자가 담긴 커다란 자루도 보인다. 백인들은 감자를 먹지만 옥수수는 먹지 않는다. 국왕도 감자를 먹는다. 유리병에 절반만 남은, 셀로판지에 싸인 알록달록하고 동그란 작은 알들은 누군가가 사주기를 기다리고 있다. '사탕'이라고 쓰여 있다. 이름이 사탕이다. 그러나 누가 그걸 사겠는가? 만약 양파와 바나나가 함께 있다면, 홀 옆 시장에 마을 사람 누구나 필요하다는 것을 아는 물건들이 함께 있다면, 아직 불을 피우지 않아 그슬리지 않은, 은색으로 반짝이는 크고 작은 삼발이 솥도 함께 있다면, 누가 이런 사탕에 돈을 쓰랴. 옷도 정말 수없이 많다. 비싼 옷은 멋있고, 저렴한 옷도 입을 만했다. 부유한 나라에 사는 친절한 사람들이 기부한 옷들이 상인들에게서 만지니 시장에서 팔리고 있었다. 위쪽 판매대 옷걸이에는 스와질란드 전통 옷들이 걸려 있는데, 이 옷은 에말랑게니가 충분해야 입을 수 있다. 그늘에서 한 여자가 재봉틀에서 푸른 천 위로 몸을 숙이고 페달을 밟고 있다.

재봉틀이 있다면 얼마나 좋을까! 알록달록한 가방을 살 수 있다면! 한 여자가 바닥에 앉아 웃으면서 갖가지 색의 끈을 엮어 알록달록한 가방을 만들고 있다. 만지니 시장에서는 백인들도 가끔 눈에 띈다. 특별한 이유 없이 그저 만지니 시장을 보려고 오다니, 누가 그걸 이해할 수 있을까? 그들은 여기서 살 만한 게 있는지 둘러본다. 여행하면서 기념품으로 무거운 냄비를 사서 들고 다닐 마음은 없을 것이다. 그 냄비를 보고서는 한숨을 내쉬고 웃는 여자에게서 가방을 사고 낯선 화폐로 지불한다.

룽길레는 약품을 파는 판매대를 얼른 지나친다. 치료사에게 필요한 온갖 물품을 파는 곳이다. 치료사는 할머니가 점점 지쳐갔을 때 도와주지 못했다. 그 전에 깔개에 누워 물만 마시려던 엄마도 돕지 못했다. 치료사는 환자를 고치는 데 약품을 쓰지만 늘 성공하는 건 아니다. 이곳에 약초와 뼈, 돌, 기이한 잿빛 불가사리 등 이상한 물품들이 이렇게나 많은데도 병을 못 고쳤다. 룽길레는 불가사리가 먼 바닷길을 왔다는 걸 알고 있다. 스와질란드에는 바다가 없다. 환자를 고칠 재료를 치료사에게 공급하기 위해 남아프리카공화국이나 모잠비크에서 트럭으로 불가사리를 싣고 온다. 룽길레는 트럭 생각도, 모잠비크 생각도 하기 싫다.

하지만 룽길레가 찾는 신발은 없다. 그건 이미 알고 있다. 냄비를 산더미처럼 쌓아놓은 옆 판매대에서 한 남자가 가죽끈으로 샌들을 만들고 있지만, 룽길레는 샌들이 필요한 게 아니다. 어제 재래시장이 선 길가를 둘러봤다. 그곳에서는 마을 사람들이 집에서 엮고 짜고 깎은 물건을 가지고 와서 손님을 진득이 기다리고 있었다. 오두막 바닥에 쓸 깔개, 풀로 만든 빗자루, 서서 바닥에 있는 솥을 저을 수 있을 만큼 긴 나무 국자 등이었다. 룽길레는 어제 그곳 길가에서 신발을 찾아다녔다.

룽길레는 자랑스러워서 미소를 지었다. 어디서 제대로 된 신발을 사야 하는지 이제는 알고 있다. 여기 처음 오는 게 아니니까. 아무것도 모르고 아무것도 이해하지 못하는 어리석은 촌뜨기 소녀가 이제 아니다. 룽길레는 잠깐이나마 기쁨 비슷한 감정을 느낀다. 피곤하지만 않다면, 어젯밤만 없었더라면 얼마나 좋을까. 이제는 신발만 생각해야 한다.

할머니가 돌아가셨을 때 룽길레는 처음으로 만지니에 왔었다. 이웃 아줌마에게 야부를 봐달라고 부탁했다. 치마와 블라우스 교복을 입고 왔다. 학교 신발과 하얀 양말도 신었다. 깔끔하고 똑똑한 아이, 사람들이 일자리를 줄 만한 아이로 보이고 싶었다. 언덕에 사는 여자아이들 이야기를 들은 적이 있다. 그 아이들은 그저 며칠만 도시에 갔다 오면, 에말랑게니를 주머니 가득 담아 돌아온다고 자랑했다.

그때 얼마나 멍청했던가! 룽길레는 녹슨 깡통에 담겨 있던 오두막의 마지막 돈을 주머니에 넣었다. 깡통에는 오렌지 잼이라고 쓰여 있었다. 하지만 만지니에서 무언가를 사려고 했던

것은 아니었다. 그때 얼마나 멍청했던가! 주머
니에 넣은 돈을 차비로 다 썼다. 버스비였다. 은
랑가노에서 만지니까지 가는 버스비. 은랑가노
까지는 달렸다. 그 바람에 만지니까지 가는 버
스를 타기 전에 신발은 먼지투성이였다. 가지고
있던 돈을 도로와 고속도로를 지나오는 데 모
두 썼다. 유리창 너머로 푸른 언덕이, 거인이 던
져 놓은 것처럼 풀숲 여기저기에 놓인 바위들이
보였다. 룽길레는 설레어 자신이 마치 공주처럼
느껴졌다. 도시에 가면 돌아올 차비뿐 아니라
훨씬 더 많은 돈을 벌 수 있을 거라고 굳게 믿었
다. 얼마나 멍청했던가!

머리에 보따리를 인 여자가 룽길레를 옆으로
밀친다. 길가에서 사람들이 하얀 깡통에 든 연
고를 판다. 언덕 마을에서는 불에 끓이고 저어
만드는 연고인데, 만병통치약이고, 피부를 매끈
하고 아름답게 해준다. 여기 어딘가에 신발을
파는 남자가 있다.

처음에 룽길레는 여기까지 오지 않았다. 응그
와네 거리라는 큰길에 있었다. 지금까지 룽길레
는 이런 거리가 있다는 것도, 이런 상점이 있다
는 것도 상상조차 못 했다. 2층 또는 3층짜리 건
물에서는 뭐든 살 수 있다. 뭐든! 언덕 마을 사

람들은 모르는 수천 가지 물품이 있었다.

큰 문을 지나 식료품을 파는 가게로 들어서도 아무도 쫓아내지 않았다. 그 가게는 궁전보다 더 크고 에말랑게니만 충분하면 먹을 수 있는 온갖 것들로 가득했다. 갑자기 서늘해지고 공기에서 윙윙 소리가 났다. 문 옆 벽에는 국왕의 사진과 국왕의 어머니 사진이 걸려 있었다. 길가의 잡화상에 있는 사진과 똑같았다.

하지만 그것 말고는 길가의 잡화상과 똑같은 게 하나도 없었다. 잡화상에서는 하루 정도는 부자가 된 기분을 낼 수 있다. 잡화상에는 깡통과 아스피린, "안전하게 사랑하세요!"라는 문구가 쓰인 봉지, 붉은 셔츠와 파랑 셔츠 등 종류별로 세 개에서 다섯 개 정도만 있기 때문이다. 천장에는 일 년 내내 똑같은 반짝이는 성탄절 장식이 매달려 있고, 코카콜라 깃발도 있고, 만지니 시장에 있는 것처럼 사탕이라고 쓰인 알록달록한 동그란 알들이 유리병에 들어 있다.

그러나 여기 만지니는 물품이 세 개나 다섯 개만 있는 게 아니다. 수천 개나 있다. 끝없이 긴 선반은 도대체 뭔지, 무엇에 쓰는 물건인지 알지 못하는 물건들로 그득하다. 종이상자에 든 과일이 시장에서 본 것보다 훨씬 많이 쌓여 있다. 하얕게 반짝이는 깊숙한 상자 위로 몸을 숙이면, 그러지 않아도 서늘한 공간이 더욱 차갑게 느껴진다. 룽길레는 언덕 동네와는 다른 삶이 있는 건 알았지만, 이 서늘한 공간에 와서야 비로소 그게 뭔지 알았다.

룽길레는 한참이나 망설이다가 용기를 내서 질문한다. 여자들은 검은 고무로 만든 컨베이어벨트 앞에 앉아서, 손님들이 고른 물건을 재빠르게 꺼내 숫자가 적힌 하얀 종이를 빼느라고 모두 바쁘다. 룽길레는 오랫동안 망설이다가 용기를 낸다.

여자는 컨베이어벨트에 놓인 물건들을 연신 집어넣으면서 고개를 들지도 않고 대답한다. "무슨 일을 하려고? 이 나라에서 아이들은 일할 수 없어. 국왕은 아이들이 일하는 걸 원하지 않아. 너 그거 모르니? 아이들은 학교에 가야지. 어쨌든 여기에는 네 일자리가 없단다."

그렇지만 룽길레는 계속 일자리를 구하러 다닌다. 도대체 무슨 생각을 한 건가? 만지니에 오면 길에 일자리가 널려 있을 거라고? 언덕 마을과는 완전히 다른 세계인 이 도시에서 일자리를 구하려 하다니, 도대체 무슨 생각을 한 건가? 아침에 길을 나서면서 도대체 무슨 생각을 했었

나? 서늘하게 윙윙거리던 큰 상점을 나오자 도로의 열기가 덮친다. 돈을 벌지 못해서 돌아갈 차비조차 구할 수 없어 두려움이 몰려온다.

금귀고리를 달고 모자를 쓴 여자가 룽길레의 어깨에 팔을 얹는다. 그녀는 언덕 마을에서 온 소녀들은 맛사파에 가면 일자리를 얻을 수 있다고 한다. "거기에 공장들이 있으니까." 그런데 어감이 좀 이상하다.

룽길레는 맛사파로 걸어간다. 이제 더는 단정해 보이지 않는다. 일자리를 맡길 만한 아이로 보이지 않는다. 신발에 먼지가 잔뜩 끼고 교복은 구겨졌으며, 얼굴에는 눈물 자국이 선명했다. 하지만 룽길레는 용기를 더 짜내야 한다는 걸 알고 있다. 이번엔 주유소에서 묻는다.

"사우보나, 안녕?" 룽길레가 말을 건다.

거품을 내며 자동차 유리창을 닦던 남자아이가 흘낏 바라본다.

"맛사파에 일자리가 있다는 말을 들었어. 공장 일을 찾는 중이야."

남자아이는 긴 손잡이가 달린 걸레로 유리창을 문질러 닦는다. 운전석에 있던 남자가 바쁜 표정으로 옆으로 비키라는 손짓을 하고는 휙 차를 출발시킨다.

"공장은 어린아이를 고용하지 않아!" 남자아이가 말한다. "그거 몰랐어? 국왕은 이 나라 어린이들이 학교에 다니길 원한다고." 남자아이는 룽길레를 이상한 눈빛으로 바라본다. 그 아이의 눈길이 룽길레를 머리끝부터 발끝까지 훑고 다시 올라왔는데, 잠깐씩 멈춘다. 둘의 눈이 마주쳤을 때 남자아이의 눈에는 반신반의한 기색이 있다.

"맛사파 트럭 휴게소로 가봐! 너 처음부터 그런 일거리를 말한 거 아니야?"

룽길레는 입술을 깨문다. "거기 일거리가 있어? 아이들도 받아줘?"

그때 자동차 한 대가 또 들어온다. 운전사가 유리창을 내리자 남자아이가 기름을 넣으려고 자동차 왼쪽에 있는 작은 뚜껑을 연다.

"응기야봉가*, 고마워!" 룽길레가 소리친다. 이제 다시 희망이 생긴다.

트럭 휴게소를 찾기는 어렵지 않다. 가깝다. 짧은 치마와 몸에 달라붙은 바지, 꽉 끼는 셔츠를 입은 여자아이들이 길가에 서 있다. 언덕 마을에 있는 엄마들은 뭐라고 할까? 촌장님은 또 뭐라고 할까? 목이 깊이 파인 원피스와 티셔츠를 입은 여자아이들이 웃으며 손을 흔든다. 화물차들이 지나가자 여자아이들은 그 뒤를 따라 달린다. 운전사들이 내려서 훑어보자 아이들은 더 낄낄댄다. 몇 여자아이들이 운전사를 따라 화물차 칸막이로 사라진다. 언덕에서 온 룽길레 친구들은 알지 못한 일이다. 룽길레가 보기에 동갑인 친구들도 많다. 맛사파 트럭 휴게소에는 아이들을 위한 일거리가 있었다.

룽길레는 일거리를 더는 찾을 필요가 없다는 걸 눈치챘다. 그래서 교복을 입고 지저분한 학교 신발을 신은 채로 조금 떨어진 곳에 서 있었다. 마음 한편으로는 자기가 본 것을 믿고 싶지 않았다. 이게 국왕이 학교에 가길 원한다는 아이들에게 주어진 유일한 일거리라는 걸 알지만, 이 일을 할 수 없다는 것도 알고 있었다. 큰 차를 탄 운전사가 룽길레 옆에 멈춰 서서 숫자를 외쳤다. 룽길레는 얼른 자리를 떠나야 한다는 사실을 깨달았다. 그것도 아주 빨리.

돌아올 차비가 없어 고속도로 옆에서 차를 기다렸다. 앞좌석에 백인 남녀가 탄 자동차가 멈춰 섰다. 화물차는 타고 싶지 않았다. 왜 백인 남녀를 믿었는지는 모르지만, 아마 여자가 타고 있기 때문이었을 것이다. 그 여자는 룽길레와 이야기를 나누려고 했지만, 룽길레의 영어 실력

이 좋지 않아서 많은 이야기를 나눌 수 없었다. 그러자 여자는 껌을 건넸다. 룽길레는 껌이 뭔지 안다. 두 사람은 은랑가노에 룽길레를 내려주며 "함바 칼레!"라고 인사했고, 룽길레는 "굿바이!"라고 응답했다. 갈 길이 많이 남았지만 어둠 속에서 언덕을 지나는 건 무섭지 않았다. 잘 아는 길이고, 모든 게 언제나 같은 모습이니까.

룽길레는 이웃 아줌마에게 만지니에서 일을 구하지 못했다는 말만 하고, 야부에게는 대도시 이야기를 들려줬다. 그 뒤로는 학교에 가지 않았다. 자매는 먹을 것과 입을 것이 필요했다. 국왕은 자비로워서 이제 남편이 사망하면 아내가 땅을 소유할 수 있다고 발표했다. 아내가 죽으면 아이들에게서도 땅을 빼앗지 않았다. 그래서 룽길레는 이제 학교에 가는 대신 농사를 짓고, 야부가 학교에 갈 수 있게 신경을 쓸 수 있다. 밤에 깔개에 누우면 룽길레는 야부에게 이따금 대도시 이야기를 한다. 벽에서 돈이 나오고, 야부가 본 그 어떤 집보다 훨씬 더 크며 온갖 것을 살 수 있는 큰 상점들이 있는 대도시 이야기를. 상인들이 검은 컨베이어벨트 앞에 앉아 손을 재빨리 놀리며 물건을 꺼내는 이야기, 하얀 종이가 나오는 기계 이야기를 한다. 야부가 졸업할 때까지 학교에 다닌다면 아마 그런 일자리를 구할지 모른다. 그러면 야부는 룽길레가 뭐에 쓰는지 알지 못하는 물건들과 냉기를 풍기는 깊숙한 상자와 알록달록한 상자에서 룽길레가 이름을 모르는 과일을 살 수 있을 것이다.

야부는 룽길레가 그런 이야기를 해줄 때면 기분이 좋았다. 이제 야부는 꿈이 생겼다. 잠이 들기 전에, 도시에 있다가 언덕 마을로 돌아올 때 가지고 올 물건들을 하나하나 꼽아본다. 내용물을 이미 다 마셨지만 여전히 쓸 데가 많은 달콤한 음료수 깡통, 껌, 다채로운 색깔의 옷과 사탕.

그런데 어느 날부터 야부가 학교에 가지 않았다. "야부, 너 학교 가야 해!" 룽길레가 말한다. "커다란 상점들을, 도시를 생각해봐!"

룽길레는 야부가 언제부터 결석했는지 모른다. 야부는 아침이면 교복을 입고 겨드랑이에 노트를 끼고 집을 나섰다. 그런데 이웃 아줌마가 다른 아이들에게서 들었다고, 야부가 학교에 오지 않는다고 룽길레에게 전해주었다. 아침에 다른 아이들과 함께 붉은 도로까지 가지만, 거기에 남는다는 것이다. 야부가 온종일 뭘 하는지는 다른 아이들도 모른다. 오후에는 아이들과 함께 돌아온다. 이웃 아줌마는 그래서 야부가 학교 급식을 먹지 못한다고, 동생이 점점 말라가는 게 보이지 않느냐고 룽길레에게 물었다.

룽길레는 창피했다. 좋은 언니가 되려면 밭에서 일하는 것만으로는 부족했다.

"야부!" 오두막의 못에 교복을 걸고 오후에 나에게 오렴하고 룽길레가 말을 건다.

야부는 처음에는 대답하지 않으려고 했다. 부끄럽다. 언니가 화를 내고 때릴까봐 두렵다. 꿈은 이제 이루어지지 않을 것이다.

야부는 신발이 없어서 학교에 갈 수 없었다. 선생님이 집으로 돌려보냈다. 아이들이 모두 교복도 없이, 신발도 없이 학교에 앉아 있다면 어찌될 건가? 선생님이 옳다. 맨발로는 학교에 갈 수 없다. 그런데 이제 야부는 신발이 없다. 언니가 새 신발을 사줄 수 없다는 사실을 야부도 안다.

"신발 어디 있어?" 룽길레는 고함을 지른다. 분노가 점점 더 커지는 걸 느낀다.

야부는 학교에 가야 한다. 적어도 야부는 가야 한다. 그래서 내가 집에 있는 게 아닌가? "어쩌다가 신발을 잃어버렸어?"

야부는 신발이 어느 날 불쑥 사라지고 없더라고 대답한다. 학교에 가보니 없더라고. 야부는 다른 아이들과 마찬가지로 맨발로 언덕을 넘었다. 신발 바닥이 닳지 않게 학교에서만 신으려고, 오래 신다가 나중에 작아지면 팔아서 더 큰 치수를 사려고 그렇게 했다. 신발을 아끼려고 학교에 두고 다녔는데, 어느 날 아침에 보니 없었다.

"누가 가져갔어?" 룽길레는 소리를 지르며 야부를 때리려고 한다. "네가 조심하지 않아서 없어졌잖아!"

야부는 모른다고 대답한다. 학교 신발은 다 똑같아 보인다고, 거의 같아 보인다고 했다. 아이들 발을 모두 살펴봤다. 설령 자기 신발을 찾더라도 어떻게 증명할 수 있을까? 다른 아이가 신발을 잃어버렸거나 신발 바닥이 모두 닳았거나 신발이 작아져서 맞지 않은 거였다. 그 아이도 학교에 계속 다니려면 신발이 필요했다.

"네가 조심하지 않아서 그래!"

룽길레는 다시 소리를 지르며 동생을 때린다. 야부가 뒤로 물러나며 울음을 터뜨리자 룽길레는 부끄러워진다. 야부가 아니라 다른 아이를 때려야 하지만, 룽길레는 그 아이가 누군지 모른다. 그래서 야부에게 자기가 신발을 구해오면 다시 학교에 가겠다고, 신발을 매일 다시 집으로 가지고 오겠다고 약속하라고 한다.

룽길레는 밤에 잠을 못 이루고 깊은 고민에 빠진다. 할머니는 예전에 언덕에서 자라는, 잘 휘어지고 긴 풀로 깔개를 엮었다. 잘 말아둔 깔개는 여전히 오두막 한구석에 있다. 깔개를 팔면 몇 에말랑게니나 받을지 모른다. 깔개가 신발만큼 비쌀까? 야부랑 룽길레 모두 잘 때 펴는 좋은 깔개가 있으니 적어도 팔려고 시도는 해보고 싶다.

그래서 룽길레는 다음 날 야부의 오른발과 왼발, 발뒤꿈치부터 엄지발가락까지 나뭇가지를 각각 한 번씩 대고 부러뜨린다. 이제 신발 치수를 알게 됐다.

이번에는 겨드랑이에 깔개를 끼고 은랑가노에 도착하자마자 큰길가에 선다. 버스를 탈 생각은 하지도 않는다. 자동차들이 지나가다가 속도를 늦추지만, 룽길레는 여자가 운전하는 차가 나타날 때까지 기다린다. 혼자 차를 몰던 여자가 룽길레를 만지니까지 데려다주었다. 그 여자는 흑인이고 싹싹하며 스와티어로 말하지만, 룽길레는 입을 열고 싶지 않았다.

만지니에 도착한 룽길레는 이번에는 응그와네 거리에서 시간을 보내지 않고 시장으로 방향을 꺾은 다음, 깔개를 들고 상인들 옆에 섰다. 하지만 물건을 팔려면 먼저 요금을 내야 한단다. 그 사실은 알지 못했다. 아직 돈을 하나도 벌지 못했는데 어떻게 요금을 낼 수 있겠는가? 그러니 시골 사람들이 붐비는 재래시장으로 가야 했다. 룽길레는 그 사람들 틈에 끼어 깔개를 내놓았다.

옆에는 야생 벌꿀을 파는 아줌마가 있었다. 룽길레는 꿀을 먹어본 적이 없었다. 아줌마는 병에 든 물을 룽길레에게 권했다. 룽길레는 물을 가지고 올 생각을 못 했다. 만지니 시장 부근에는 강이 없어서 물을 사 먹어야 한다. 깔개를 사려는 사람은 아무도 없었다. 룽길레는 얼마 지나지 않아 그 이유를 알게 되었다. 깔개는 마을에서 직접 짤 수 있다. 그걸 사려고 만지니까지 와서 돈을 쓸 사람은 없다. 다 헛된 일이었다.

그때 주님이 구원의 손길을 보냈다. 주님은 배에 카메라를 늘어뜨리고 행복한 소리를 웅얼거리며 미소를 짓는 백인들을 버스 한가득 실어 보냈다. 꿀을 파는 아줌마 말로, 백인들이 탄 버스가 만지니 시장에 오는 일은 흔한 일은 아니라고 했다. 의사가 아닌 그저 세상 구경을 하려고 다니는 백인들은 만지니 시장을 두려워한다는 것이다. 버스는 이들을 교외 에즐위니 계곡으로, 큰 주차장을 갖춘 '크래프트 센터'로 데려가는데, 그곳에서는 여행객들이 "이런 게 진정한 아프리카야!"라고 외치는 물건들만 판다. 여행객들은 룽겔리가 한 번도 못 본, 엄청 많은 에말랑게니를 내고서 초와 목걸이 그리고 동석으로 만든 동물을 산다. 그러고는 추운 고국으로 돌아가면 자랑스럽게 주변에 선물한다.

이 백인들은 만지니 시장을 두려워하지 않는 모양이다. 미소를 띤 채 길을 따라 걷다가 연고와 국자를 파는 판매대 앞에 멈춰 서고 야생 벌꿀 앞에서도 발걸음을 멈춘다. 이따금 지갑에서 화폐를 꺼내 손에 들고서 곰곰이 들여다보기도 한다. 이들은 그저 지나가는 관광객들이라서 남아프리카공화국 화폐인 랜드를 가지고 있다. 그러나 랜드는 스와질란드에서도 환영받는다. 상인들은 물건을 건네고, 백인들은 미소를 지으며 물건을 받아 가방에 넣는다.

룽길레는 용기를 내야 한다고 마음먹고, 여행객에게 깔개를 내밀며 미소를 짓는다. 그러고는 영어로 "50랜드!"라고 큰 소리로 말하지만, 그게 세상 구경을 하는 백인들이 깔개 하나에 지출할 만한 가격인지 아닌지는 모른다. 그러나 몇 걸음 떨어진 곳에 있는, 나뭇가지에 맞는 학교 신발의 가격은 70에말랑게니다. 또 백인이 흥정을 할 수도 있지 않은가.

이날은 아마 운수 좋은 날인지, 바지를 입고 밀짚모자를 쓴 백인 여자가 머리를 숙이고 물어본다. "50랜드?" 그러고는 가방에서 지갑을 꺼내, 지폐를 한 장 집어 룽길레에게 건네려다 다시 자세히 살핀다. 룽길레는 깔개 두 개를 내밀면서 다시 영어로 말한다. "두 개 100랜드, 깎아서 90랜드!" 그러자 여자는 웃음을 터뜨리며 지폐를 한 장 더 꺼낸다.

그러나 룽길레에게는 운수 좋은 날이 아닌 모양이다. 한 남자가 백인 여자의 어깨에 손을 얹고 뭐라고 말을 하더니 팔을 펴고는 "너무 커, 깔개가 너무 커!"라며 고개를 젓는다. 그가 하는 말이 영어는 아니었지만 룽길레는 '크래프트 센터'라는 말을 알아듣는다. 깔개를 사려던 여자는 바로 고민에 빠진 표정이 된다. 그러고 미안하다는 듯이 룽길레에게 어깨를 으쓱하고는 지폐를 지갑에 도로 넣는다. 그런 다음, 몸을 돌려 룽길레에게 손을 흔들어 인사한다.

룽길레는 침을 뱉고는 욕설을 퍼부으며 주먹을 휘둘렀다. 자기가 만지니 거리에서 이런 나쁜 말을 입에 담으리라고는 상상도 하지 못했다. 꿀을 팔던 아줌마가 룽길레를 뒤로 잡아당기고는 고개를 저었다. 하지만 밀짚모자를 쓴 백인은 이미 버스에 탔다. 이제 그녀는 커다란 주차장이 있는 '크래프트 센터'에 가서 초와 목걸이 그리고 동석으로 만든 동물을 살 것이다.

룽길레는 시장이 파장하고 상인들이 물건을 다 정리할 때까지 거기에 그대로 서 있다. 희망은 이미 사라졌다. 기다려봐야 헛수고라는 걸 잘 안다.

주님은 룽길레가 그걸 해야 한다는 사실을 깨달을 수 있는 시간을 준 건지도 모른다. 야부가 학교에 가려면 자기가 그것 말고는 뭘 할 수 있을까. 그래서 룽길레는 맛사파 트럭 휴게소로 향했다.

이번에는 교복을 입지 않았다. 짧은 치마와 좁은 바지, 꽉 끼는 셔츠를 입은 여자아이들 옆에 있는 자기 자신이 추하게 느껴졌다. 화장실에서 거울을 들여다본다. 눈 화장을 하지 않았고, 언덕 마을에서 누구나 하듯 아주 짧게 자른 머리카락. 룽길레는 지저분하고 맨발에 낡은 옷을 입은 자기 같은 여자아이를 아무도 원하지 않기를 바라는 심정이었다. 그러면서도 "안전하게 사랑하세요!"라는 문구가 쓰인 봉지를 집는다. 트럭 운전사들이 해서는 안 되는 일을 할 때 공짜로 사용할 수 있게 놓아둔 봉지다. 누구나 안다.

첫 운전사는 마른 남자다. "처녀야?" 그가 유리창을 열고 영어로 나지막하게 소곤거린다. 룽길레는 고개를 끄덕이고는 "100!"이라고 대답한다. 70이 필요하고, 또 그 남자가 깎을지도 모르니까. 그러나 남자는 웃음을 터뜨리며 "써티 (30)"라고 한다. 룽길레는 이게 운전사들이 맛사파 트럭 휴게소에서 여자아이들에게 지불하는 가격인지 뭔지 아직 모른다.

룽길레는 마른 남자가 있는 칸막이로 올라가면서 깔개는 먼지가 이는 바깥에 그냥 두었다. 마른 남자는 빨리, 아주 빨리 일을 치를 수 있기를 바란다. 룽길레 역시 일이 빨리 끝나기를 바란다. 화장실에서 가져온 "안전하게 사랑하세요!"라는 문구가 쓰인 봉지를 내민다. 남자는 룽길레의 손을 때린다. 룽길레는 "써티"가 남자가 혹시 그걸 사용하지 않겠다는 뜻인가 생각한다.

그 후에 벌어진 일은 룽길레가 두려워했던 것만큼 소름 끼치지는 않았지만, 그래도 끔찍하기는 했다. 나중에는 얼마나 더 끔찍해질지 알 수 없다. "처녀야?" 남자는 먼저 그렇게 물었다. 화물차로 여러 나라를 오가며 물건을 나르면서,

그는 여자아이 누구에게나 이렇게 물을까? 그가 물으면 여자아이들은 누구나 진실을 말할까? 이 모든 게 나랑 무슨 상관이 있을까? 룽길레는 "안전하게 사랑하세요!"라는 문구가 쓰인 봉지와 작은 나뭇가지를 여전히 꼭 움켜쥐고 있다. 운수 좋은 날은 아니다.

하지만 맛사퍄 트럭 휴게소에 룽길레만 있는 건 아니고, 여기 있는 여자아이들은 누구나 다 하는 일이다. 운전사도 온갖 나라를 다니며 다 이렇게 한다. 질병에 걸리지 않는 사람도 많다.

주님은 전능하고, 야부는 학교에 가야 한다.

이제 겨우 30에말랑게니 뿐이다. 두 번째 운전사는 뚱뚱한데, "처녀야?"라고 묻지 않는다. 그는 미소를 지으며 "써티"라고 말한다. 그러자 룽길레는 이제야 그게 지금 자기가 할 일의 가격이라는 걸 깨닫는다. 운전사는 칸막이 안에서 룽길레를 한동안 품에 안고 자기 나라 언어와 영어로 뭔가 이야기하지만, 룽길레는 알아들을 수 없다. 하지만 '모잠비크'와 '마푸투'라는 말은 알아듣는다. 그곳에는 그의 아내가 있고, 아이들도 있다. 그는 마치 딸에게 하듯 짧게 자른 룽길레의 머리카락을 쓰다듬는다. 룽길레는 그에게 "안전하게 사랑하세요!"라는 문구가 쓰인

봉지를 내밀지만, 뚱뚱한 그 남자는 그저 미소만 짓고는 룽길레의 티셔츠를 위로 걷어 올리고 가슴을 쓰다듬는다. 치마를 엉덩이 아래로 내리고 팬티도 내린 다음, 더는 기다리지 않는다.

하지만 맛사파 트럭 휴게소에 룽길레만 있는 건 아니고, 여기 있는 여자아이들은 누구나 다 하는 일이다. 운전사도 온갖 나라를 다니며 다 이렇게 한다. 질병에 걸리지 않는 사람도 많다.

이제 룽길레는 60에말랑게니가 있는데, 신발은 70이다. 좋은 학교 신발은 몇 분 더 일하는 것보다 비싸다. 그것이 합당하다. 하지만 화물차 칸막이로 세 번째도 올라갈 수 있을지 확신이 서지 않는다. 깔개도 있다. 60에말랑게니와 깔개, 만지니 시장의 상인은 어쩌면 그걸로 만족할지도 모른다. 중고 신발이니까.

뚱뚱한 남자는 헤어지기 전에 다시 한번 룽길레를 쓰다듬는다. 그의 등에서 땀이 흐른다. 남자는 룽길레의 팬티와 치마를 끌어 올리고 티셔츠를 가슴 아래로 내려준다. 그러고는 가는 길에 어디로 데려다줄까 묻는다. 룽길레가 괜찮다고 대답하자 그는 경찰이 이따금 맛사파 트럭 휴게소로 온다고 알려준다. 여기서 하는 일은 사실 금지되어 있으니까.

그게 옳다. 국왕은 자기 나라에서 성매매가 이루어지는 걸 원하지 않는다.

룽길레가 트럭에서 내려와 보니 바닥에 두었던 깔개가 사라지고 없다. 주변을 둘러보지만 이 어둠 속에서 어떻게 찾을 수 있겠는가? 깔개는 룽길레보다 다른 여자아이에게, 이날 밤 집에 돌아갈 수 없는 다른 아이에게 더 필요했는지도 모른다. 룽길레는 그래도 다시 집에 갈 수는 있다.

룽길레는 손에 쥐고 있는 작은 나뭇가지를 불현듯 느낀다. 작은 나뭇가지와 지폐.

길가에서 사람들이 하얀 깡통에 든 연고를 팔고 있다. 언덕 마을에서는 불에 끓이고 저어 만드는 연고인데, 만병통치약이고, 피부를 매끈하고 아름답게 해준다. 여기 어딘가에 신발을 파는 남자가 있다. 오늘은 운수 좋은 날이다. 남자는 어제 신발을 팔지 않았다. 부러뜨리지 않고도 룽길레의 나뭇가지가 잘 맞던 그 신발을.

"70!" 남자가 말한다.

룽길레는 그에게 지폐를 내민다. 60뿐이다. 두 번이면 충분하다. 그에게 깔개도 주려고 했지만 이제 없다.

"70!" 남자가 다시 말하지만 룽길레는 고개를 젓는다. 남자는 룽길레가 신고 있는 다 닳은 슬리퍼를 본다. 슬리퍼에는 언덕의 붉은 먼지와 만지니 도로의 잿빛 먼지가 묻어 있다. 어쩌면 신발이 룽길레가 신기에는 너무 작다는 점도 눈에 띄었고, 그래서 상황을 이해했는지도 모른다.

남자는 신발을 문질러 광을 낸다. 하얀 깡통에 든 연고는 신발을 닦기에도 좋다. 신발 바닥은 조금만 닳은 상태다. 이제 야부는 다시 학교에 갈 수 있다.

룽길레는 다시 길가에 서서 기다린다. 뒤편에서 도시의 소음이 인다. 이제 곧 여자가 탄 자동차가 한 대 서고, 은랑가노로 태워다 줄 것이다. 갈 길이 멀지만, 어둠 속에서 언덕을 지나는 건 무섭지 않다. 잘 아는 길이고, 모든 게 언제나 같은 모습이니까.

이제 야부는 학교에 다시 갈 수 있다. 그리고 룽길레가 생각했던 것처럼 그렇게 끔찍하지는 않았다. 주님은 전능하니까 병에 걸리지 않는 사람도 많다. 어쩌면 주님은 모든 일이 이렇게 되기를 바랐는지도 모른다. 그래서 야부의 신발이 사라진 건지 어찌 알겠는가. 이제 무슨 일이 벌어지든 룽길레는 안심할 수 있다.

맛사파에는 아이들이 할 일이 있다는 사실을 아니까.

화상을 입은 할머니

예수님, 누가 잘못한 거예요? 나라면 용서해 주세요.
나 혼자 잘못한 거라면 예수님, 용서해 주세요.

"할머니, 물 길어 올게요. 괜찮죠? 할머니, 딴
일을 할까요, 아니면 지금 물을 길어 올까요?"

할머니가 다리를 뻗은 채 오두막 앞에 앉아
있다. 괜찮은 다리와 아픈 다리. 할머니가 꼼짝
도 하지 않는다.

머리도 아프신 걸까?

"할머니, 최대한 빨리 다녀올게요. 금방 돌아
올 거예요!"

할머니가 살짝 고개를 끄덕인 것 같다. 시포는
그게 끄덕임이었다고 믿고 싶다. "최대한 빨리
요!"

시포는 물통을 거꾸로 들지 않았다. 가는 길엔
물통이 가볍다. 시포는 매일 물을 길어 왔다. 늘
집에 오자마자 강으로 빨리 가고 싶었다.

할머니가 내 뒷모습을 보고 있나? 내 잘못이다.

예수님, 용서해 주세요! 툴라시즈웨는 오두막 뒤에서 놀고, 놈사는 학교 노트를 읽는 중이다. 놈사도 잘못했다, 놈사도.

해가 넘어가기 직전이라 시포의 맨발바닥에 닿은 붉은 흙은 뜨겁지가 않았다. 강으로 가는 길도 멀지 않다. 그날 저녁에는 왜 가지 않았던가. 15분, 아니, 가는 길은 조금 덜 걸린다. 물통이 비었으니까. 그날은 왜 가지 않았지?

놈사도 잘못이다. 놈사가 거짓말을 했잖아? 그날 밤 시포는 암탉도 잘못했다고 말하고 싶었다.

강 아래 나무에 닭 둥지가 있었다. 그래서 달걀을 찾아 헤맬 필요가 없었다. 촌드바코 아저씨 집은 암탉을 세 마리나 강가에 놓아기른다. 닭이 세 마리나 있는 집은 그 집뿐이다. 할머니도 암탉 한 마리가 있지만, 나무에 둥지는 없다. 오두막 근처에는 나무가 한 그루도 없다.

시포 앞에 강이 있다. 아이들이 얕은 물에서 논다. 촌드바코 아저씨 부인이 강가의 큰 바위에 널어서 말렸던 빨래를 걷는다. 해는 이제 언덕 뒤로 사라졌다.

시포는 나무에 있는 둥지를 바라본다. 그날 밤 시포는 닭에게 돌을 던지며 쫓아냈다. 다시는 덤불 사이에 달걀을 숨기지 못하게 하고 싶었다.

거기 숨기면 자기가 찾아낼 수 있으니까. 닭이 다시는 돌아오지 않기를 바랐다. 닭도 잘못했다.

그러나 닭은 돌아왔다. 닭은 덤불 사이의 따뜻한 모래에 여전히 달걀을 숨긴다.

시포는 물통을 강에 넣는다. 물통은 금방 찬다. 물이 물통 입구로 흘러 들어간다. 여기까지 오는 길은 멀지 않고, 물은 물통으로 쏜살같이 흘러 들어간다. 가득 찬 물통을 머리에 이고 돌아가는 길도 그다지 멀지 않다. 그날은 왜 오지 않으려고 했던가? 시포는 그날 저녁에 왜 화가 나서 오두막 뒤에 앉아 있었던가?

돌아오는 길에 아이들에게 손을 흔들자 아이들도 손을 흔들며 응답한다. 아이들은 시포가 잘못했다는 걸 모른다. 하지만 그게 무슨 소용인가? 할머니는 시포가 물을 길어 오기 싫어했다는 걸 알고 있다. 이제 오두막 앞에 앉아 있는 할머니는 시포와 말을 하지 않는다.

달걀은 시포가 발견했다. 오두막에서 멀지 않은 곳에서 툴라시즈웨와 축구를 하던 중이었다. 이웃 아줌마가 준 봉지를 엮어 새 공을 만들었다. 툴라시즈웨는 아직 어려서 축구를 잘하지 못한다. 둘은 골대도 만들지 않고 공을 덤불 사이로 이리저리 찼다. 툴라시즈웨는 깔깔 웃으며 달렸고, 시포가 공을 멀리 차도 화를 내지 않았다. 사실 아무리 멀리 차도 공은 멀리 못 간다. 언젠가 시포는 하늘을 가로질러 날아가는 진짜 공을 갖게 될 것이다. 도로 뒤쪽까지 날아가서 딱딱한 땅바닥에 쿵 떨어지는 공을 갖게 될 것이다. 그러면 시포는 계곡 마을에서 최고 선수가 되고, 어쩌면 전국에서 제일 잘하는 선수가 될지도 모른다. 툴라시즈웨는 지금도 형에게 감탄한다. 아빠와 엄마가 떠난 뒤로 시포는 좋은 큰형이고 보호자다. 할머니는 두 손과 두 눈이 다 있을 때도 너무 늙어서 할 수 있는 게 아무것도 없었다. 시포는 툴라시즈웨와 종종 놀아준다.

그러나 그날 저녁에 달걀을 발견한 사람은 시포였다. 암탉은 늘 달걀을 덤불 아래에 숨겼다. 고집불통 닭 같으니라고! 달걀은 낳은 지 너무 오래 발견되지 않아 껍데기를 깨자마자 끔찍한 악취를 풍길 때도 있었다. 하지만 그날 저녁 달걀은 신선했다. 시포는 알고 있었다. 전날 같은 자리를 뒤져봤을 때는 없었으니까. 그래서 달걀을 들고, 할머니가 죽을 끓이는 오두막으로 달려갔다. 뒤에서 툴라시즈웨가 시포를 큰 소리로 불렀다. 하지만 시포는 축구를 할 마음이 없었다. 지금은 할머니가 달걀 요리를 해야 한다. 그

걸 먹을 작정이었다. 오두막으로 달리면서 할머니를 불렀다.

"할머니! 달걀 찾았어요. 오늘은 내 차례예요! 덤불 아래 있었어요. 찾은 사람이 먹는 거예요!"

하지만 그렇지 않다는 거야 시포도 알고 있었다. 만약 정말 그렇다면 툴라시즈웨나 할머니는 달걀 한 알이라도 먹을 수 있겠는가? 한 번은 놈사가, 한 번은 시포가, 그다음은 툴라시즈웨가, 그다음은 할머니가 먹을 차례다. 달걀을 발견해서 가지고 오는 사람은 언제나 시포지만, 이렇게 순서대로 먹는 게 옳고 정당하다. 시포가 커서 촌드바코 아저씨처럼 강가에 닭을 세 마리 기른다면 매일 달걀을 먹을 수 있다.

할머니는 삼발이 솥에서 고개도 들지 않았다. 몸을 숙이고 솥 앞에 서 있었다. 옥수수 죽은 젓고 또 저어야 한다. 안 그러면 불에 타서 검어진다. 할머니는 그날 긴 자루가 달린 나무 국자로 죽을 저었다. 국자는 할머니 팔 만큼이나, 아니 그보다 더 길었다. 지금은 놈사가 나뭇가지로 젓는다. 할머니 옆 바닥에 놓여 있는 지팡이와 같은 나뭇가지다. 안 좋은 다리로 몇 걸음을 뗄 때면 할머니는 지팡이를 짚는다. 아직은 건강한 손으로 짚는 것이다.

그날 저녁에 할머니는 두 손으로 국자를 저었다. 할머니는 시포를 돌아보지 않았다. 옥수수죽만, 옥수수 죽과 불만 생각했다. 왜 나중에는 그렇게 하지 않았을까?

"이번에는 놈사가 먹을 차례야." 할머니는 솥을 들여다보며 말하고는 죽을 젓고 또 저었다. "지난번에 네가 먹었잖아. 이번 달걀은 놈사 거다."

"아니에요!" 시포는 고함을 질렀다. "지난번에 놈사가 먹었고, 그 전에는 툴라시즈웨가 먹었어요! 이번은 내 차례예요!"

할머니는 몸을 돌려, 두 눈으로 시포를 노려보다가 말했다. "가서 물 길어 와라!" 그러고는 다시 죽을 젓고 또 저었다. 옥수수 죽이 완성되려면 오랫동안 저어야 한다. 시포는 놈사를 흘낏 봤다. 놈사도 이번이 자기 차례가 아니라는 걸 분명히 아는 눈치였다. 놈사의 눈빛은 시포를 조롱하는 것 같았다. 놈사는 아무 말도 하지 않았다. 시포는 놈사가 비틀거릴 만큼 가슴을 세차게 떠밀었다. 놈사도 잘못했다.

"물 길어 와!" 할머니가 고함을 질렀다. 할머니는 두 눈과 두 손, 걸을 수 있는 두 다리가 있었다.

시포는 화가 이는 걸 느꼈다. 놈사는 여자아이고, 할머니도 여자다. 물 긷는 건 여자가 할 일이다. 시포는 달걀 껍데기를 깨고 내용물을 핥아먹었다. 신선하고 맛있었다. 달걀을 발견한 사람은 나라고!

할머니가 삼발이 솥에서 국자를 꺼내 시포를 때렸지만 시포는 그저 실실 웃었다. 웃으며 놈사와 할머니를 가리켰다. 할머니는 국자로 계속 시포를 때렸다. 할머니 치마가 불 바로 옆에서 흩날렸지만 아무 일도 일어나지 않았고, 시포는 계속 실실 웃었다.

"물 길어 와!" 할머니가 소리를 질렀다.

시포는 엮은 나뭇가지에 구멍이 쑹쑹 뚫려 바구니처럼 보이는 오두막 벽의 뒤로 달려갔다. 비가 진흙을 쓸어간 뒤에 아무도 다시 바르지 않았다. 아빠가 몸이 약해져서 돌아가신 뒤부터 그랬다. 시포는 그곳에 앉아, 엮은 나뭇가지에 등을 기댔다. 누가 물을 길어 오나 두고 보자고! 놈사는 어둠을 무서워하니 가지 않을 거고, 툴라시즈웨는 너무 어리고 할머니는 나이가 많다. 물통은 무겁다. 어둠이 내리자 시포는 솟아오르는 승리의 기쁨을 느꼈다. 시포는 물을 길어 오지 않음으로써 놈사와 할머니를 벌주고 싶었다.

그건 내 달걀이었어. 덤불 속에 있던 내 달걀.

옥수수 죽이 완성되려면 젓고 또 저어야 한다. 짧은 어스름이 지나가자 어둠이 내리고, 오두막 안에서는 깔개를 편다. 지금 시포가 듣는게 옥수수 죽을 퍼먹는 소리인가? 달걀은 작았다. 달걀 하나는 열세 살짜리 남자아이에게는 충분치 않다. 시포는 옥수수 죽이 먹고 싶다. 자기 전에 먹어야 한다. 할머니는 여전히 오두막 앞에 놓인 솥 옆에 서서 손에 국자를 들고 있다. 시포가 다가가자 할머니는 흠칫 놀랐다가 고함을 친다. "물 길어 와!"

한 번도 할머니는 어두워진 뒤에 시포를 강으로 보낸 적이 없다. 그러나 예전에는 항상 가득 찬 물통이 오두막 옆에 있었다.

시포는 할머니에게 대답하지 않고 솥이 있는 불로 다가간다. 자려고 눕기 전에 먹어야 한다.

그러나 불 옆에 있던 할머니가 때리려고 다시 국자를 휘두른다. "물 길어 와!" 할머니는 시포가 물을 길어 오기 전까지는 옥수수 죽을 주지 않을 작정이다.

시포가 할머니를 밀쳤던가? 아니요, 예수님. 절대 그러지 않았어요! 할머니가 길을 터주도록? 아니면 할머니가 스스로 그랬나? 시포를 쫓

아내려고 국자를 크게 휘두르다가 긴 치마가 이리저리 흔들리면서?

물이 있었더라면. 시포가 물을 길어 왔더라면. 가득 찬 물통은 오래전에 오두막 옆에 있어야 했다.

불길이 급하게 번진다. 얼마나 빨리 번지는지! 불길은 순식간에 치마를 휘감는다. 할머니가 미처 비명을 지르기도 전에 놈사가 먼저 비명을 지른다. 할머니는 자기 몸을 내려다본다. 어둠 속에서 할머니 눈이 허옇게 빛난다. 할머니는 자기가 지금 보는 장면을, 자기가 지금 느끼는 것을 믿을 수 없다는 표정이다. 그러다가 할머니가 시포가 지금까지 한 번도 들어본 적이 없는 비명을 내지른다.

불길은 할머니를 계속 삼킨다. 이제 머리카락을, 머리에 쓴 수건을, 눈썹을. 할머니가 바닥에서 뒹군다. 불 옆에서 뒹군다. 물통이 없다. 시포가 잡을 물통이. 아무것도 없다. 불뿐이다. 할머니가 비명을 지르고 또 지른다. 불길 속에 있는 할머니는 알아볼 수조차 없었다. 불에 타는 짐 꾸러미가 바닥에서 울부짖었다.

시포는 달린다. 오두막 뒤로 달려가, 소리를 듣지 않으려고 양손으로 귀를 막는다. 그러다가

눈을 감고 주먹으로 벽을 치자, 엮은 나뭇가지
에 손가락 관절이 걸려 찢긴다. 울부짖음은 낮
아지지 않고 그저 변하기만 한다. 이제 사람의
비명 같지 않고 짐승 소리처럼 들렸다. 불길이
할머니를 잡아먹는다.

이제 툴라시즈웨가 울고 놈사가 비명을 지른
다. 시포는 오두막 앞으로 달려간다. 그곳에서
는 놈사가 예전에는 할머니였던 것을 바닥에서
굴려 불길을 끄고 있다. 놈사의 팔에 불이 옮겨
붙는다. 놈사는 비명을 지르고, 할머니가 갑자
기 아주 조용해진다. 한때 할머니의 얼굴이었던
곳에서 이상한 신음만 흘러나온다. 바닥에 있는
게 아직 살아 있음을 알리는 소리다.

"할머니!" 시포가 고함을 지른다. 그러나 바닥
에 있는 짐 꾸러미가 꼼짝도 하지 않고 이상한
신음만 흘린다. 놈사는 화상을 입은 팔을 허공
에 휘두르며 비명을 질렀다.

시포는 달려 나갔다. 뭘 해야 하는지 알았더
라면? 시포는 옳은 행동을 했다, 옳은 행동을!
그 신음을 더는 듣지 않으려고 달렸지만, 짐 꾸
러미를 더는 안 보려고 뛰어갔지만 시포는 옳은
행동을 해야 했다. 예수님, 용서해 주세요.

어둠 속에서 그 신음이 더는 들리지 않게 되

었을 때에야 시포는 무슨 일을 해야 할지 알게 되었다. 최대한 빨리 달려서 촌드바코 아저씨 집이 있는 강가로 갔다. 아저씨는 이미 잠자리 에 들었다. 시포는 고함을 질렀다. 촌드바코 아 저씨는 시포와 함께 촌장님께 달려갔다. 촌장님 이 휴대전화가 있어서 그걸로 구조를 요청했다. 흐라티쿠루와 마흐랄리니에는 경찰서가 있고, 데베데베와 두마코에도 파출소가 있다. 하지만 시포는 촌장님이 하는 말을 들을 수가 없다. 시 포의 머릿속에는 불길과 비명과 신음뿐이다. 촌 장님이 자동차가 곧 올 거라고 말하고, 사람들 이 달려가기 시작했을 때도 시포는 돌아갈 엄두 가 나지 않았다.

차를 얼마나 오랫동안 기다렸던가? 짐 꾸러미 는 더는 신음을 흘리지 않았고, 시포는 그 근처 로 가지 않았다. 촌장님의 두 아내는 흐느끼는 놈사를 안았다. 놈사의 팔에 부을 물이 없었다. 촌드바코 아저씨가 강으로 달려가 물을 가져왔 다. 그 아저씨만 달려간 게 아니었다. 사람들은 물을 놈사의 팔에 끼얹고 할머니에게도 부었다. 그러나 할머니는 전혀 움직이지 않았다.

할머니 옆에 가지 않은 사람은 시포뿐이었다.

시간이 좀 지나자 제복을 입은 남자들이 왔

다. 그들은 차로 오두막까지 올 수 없었다. 하지만 붉은 모래언덕에서 오두막까지는 그다지 멀지 않다. 10분 또는 그보다 조금 덜 걸렸다. 모래언덕에서 촌드바코 아저씨의 큰아들이 기다렸다. 그 사람들은 큰아들과 함께 달려가서 몸을 숙여 할머니를 살펴봤다. 시포는 양손으로 귀를 막았다. 그들이 할머니를 도로로 옮겼다. 짐 꾸러미가 다시 신음을 흘렸다. 시포는 지금도 그 소리가 들린다. 밤에 깔개에 누워 잠들지 못하고 깨어 있을 때면.

시포는 도로에 함께 가지 않았다. 오두막 앞에 서서 눈을 크게 뜨고 구슬프게 우는 툴라시즈웨를 달래지도 못했다.

그들은 팔에 화상을 입은 놈사도 데리고 갔다. 시포는 흐라티쿠루 병원으로 할머니를 데려간 그 경찰차에 그 많은 사람이 어떻게 다 탈 수 있었는지 이해할 수 없었다.

짐 꾸러미가 사라져서 마음이 편했다. 이제 조용해지고, 비명과 신음을 듣지 않아도 되어서 좋았다.

시포는 돌멩이를 들어 암탉에게 던졌다. 닭은 어둠 속에서 오두막 옆에 있다가 놀라서 꼬꼬댁거렸다. 암탉에게 돌을 다시 던졌다. 암탉이 다시는 덤불 사이에 알을 숨기지 못하게 하고 싶었다. 다시는 달걀을 찾고 싶지 않았다. 시포는 암탉이 다시는 돌아오지 않기를 바랐다. 암탉 잘못도 있다.

시포가 덤불 뒤에 서서 황혼에 잠긴 오두막을 바라본다. 머리에 인 물통은 무겁지 않다. 강으로 가는 건 여자들 일이라는 말을 다시는 하지 않을 것이다. 시포는 매일 물을 길어 오려고 한다. 오두막에 도착하자마자 다시 강으로 달려가고 싶었다.

"할머니, 나 돌아왔어요. 물 길어 왔어요. 또 할 일 없나요?"

할머니는 다리를 뻗은 채 오두막 앞에 앉아 있다. 괜찮은 다리와 아픈 다리. 눈 하나와 손 하나. 할머니는 꼼짝도 하지 않는다.

예수님, 이제 물이 있어요. 내가 길어 왔어요. 이제 곧 밤이 돼요. 예수님은 뭐든지, 뭐든지 할 수 있잖아요! 내일 아침에 일어나면 이게 다 지나가게 해주세요. 다시 예전으로 돌아가게 해줘요. 아무 일도 일어나지 않았던 것처럼 되돌려주세요.

스와티어 소사전

사우보나!: 안녕! (단수)

사니보나티!: 안녕! (복수)

쿤자니?: 어떻게 지내? (단수)

닌자니?: 어떻게 지내? (복수)

살라(복수일 때는 '살라니') **칼레!**: 안녕! (남는 사람에게. 잘 있어!)

함바(복수일 때는 '함바니') **칼레!**: 안녕! (떠나는 사람에게. 잘 가!)

예보: 응

응기야봉가: 고마워 (단수)

시야봉가: 고마워 (복수)

릴랑게니: 스와질란드 화폐단위. 남아프리카공화국 화폐단위인
  '랜드'와 1 대 1로 교환된다.

에말랑게니: 릴랑게니의 복수

후기

낭독회 때마다 학생들이 던지는 질문이 있다. "이 이야기, 진짜예요?" 학생들의 말은 "이 이야기 또는 이거랑 비슷한 일이 정말로 일어났나요? 이야기에 나오는 사람들이 실제로 있어요?"라는 뜻이다.

이 책에 등장하는 사람들은 모두 실제로 존재한다. 나는 이 학생들과 할머니들을 실제로 만나서 이야기를 했고 오두막도 봤다. 하지만 이름은 바꾸었다. 또 툴라니를 비롯한 다른 사람들이 머릿속으로 무슨 생각을 하는지는 당연히 모른다.

나는 스와질란드를 여행하는 동안 이 사람들을 만났다. 스와질란드는 남아프리카에 있는 작고 슬픈 왕국이다. 에이즈를 일으키는 HIV에 감염된 사람들이 이 세상 그 어느 곳보다 많다. 부모가 사망하면 아이들만 남는데, 그나마 운이 좋으면 할머니와 함께 산다. 툴라니와 놈필로,

시포와 놈사, 툴라시즈웨가 그런 경우다. 그러나 손토와 브헤키, 폴릴레 또는 룽길레와 야부처럼 아이들끼리만 지낼 때도 많다. 그러면 손위도 여전히 아이지만, 그 아이가 동생들을 돌봐야 한다. 동생들을 위해 돈을 벌고 음식을 구하고, 동생들을 학교에 보내야 한다. 스와질란드 어린 이 12만 명은 최소한 부모 한쪽을 잃었고, 그중 대다수는 양친을 모두 잃었다. 전국의 인구수는 90만 명에 불과한데도 사정이 이렇다. 차를 타고 이 나라를 여행해보면, 붉은 모래언덕에 있는 사람들은 아이와 노인뿐이다.

나는 오두막에 휠체어가 있는 툴라니와 놈필로를 만났다. 시포와 놈사, 툴라시즈웨와 화상을 입은 이 아이들의 할머니도 만났다. 이들을 방문하면서 우리는 사과 한 상자를 오두막에 남겨두었다. 그러나 나는 오두막을 들여다보았기 때문에 이 사람들에게는 훨씬 더 많은 것, 아무도 줄 수 없는 다른 것들도 필요하다는 사실을 잘 안다.

손토와 폴릴레, 이 둘의 형제인 브헤키 이야기는 부모와 조부모가 없이 아이들만 사는 가족을 떠올리면서 내가 지어낸 것이다. 나는 시셀웨니에서 그 아이들을 만났다. 오두막에 정말로 그런 책이 있는지는 모른다. 그러나 언젠가 어떤 워크숍을 참관했는데, 거기서 여성들에게 그런 '기억의 책'을 만드는 법(이들이 사기에는 노트가 너무 비싸기 때문이다)과 책에 뭘 써넣어야 할지 가르쳐주고 있었다. 손토의 '기억의 책'은 그 강연을 기초로 쓴 것이다. 아프리카에서는 부모가 죽기 전에 자녀들에게 중요한 것을 이야기하려고 어디서나 이 방법을 사용한다.

룽길레와 야부는? 학교 신발이 없어서 학교에 가지 못하는 두 자매에 관한 이야기는 사실이다. 이 자매는 시포, 놈사, 툴라시즈웨와 몇백 미터 떨어진 곳에 산다. 우리는 나뭇가지로 둘의 발 크기를 쟀다. 그런 다음 나는 만지니 시장으로 가서 자매의 신발을 샀다. 그러니 책에서 룽길레가 한 일을 언니가 하지 않았기를 기대한다. 아이들만 사는 다른 가족도 만났다. 큰딸과 고집 센 남동생, 여동생이 함께 사는데, 큰딸은 돈을 벌기 위해 이따금 남아프리카공화국으로 간다. 언제나 며칠만 다녀온다. 그곳에서 뭘 하는지는 알 수 없다. 그러나 여자아이들이 있는 맛사파 트럭 휴게소는 실제로 존재한다. 룽길레가 달리 할 일이 뭐가 있었을까?

나는 더 많은 이야기를 할 수도 있었다. 이 모든 이야기는 사실이다. 아이들이 낭독회에서 묻는 것처럼 실제로 존재한다. 슬픈 이야기긴 하지만 내가 바꿀 수 있는 건 없다. 실상은 이 이야기들보다 더 슬프다.

말할 수 없는 것들이 있습니다

키어스텐 보이에 **글** | 레기나 켄 **그림** | 전은경 **옮김**

초판 인쇄일 2018년 2월 27일 | **초판 발행일** 2018년 3월 13일
펴낸이 조기룡 | **펴낸곳** 내인생의책 | **등록번호** 제10-2315호
주소 서울시 마포구 독막로 37
전화 (02)335-0449, 335-0445(편집) | **팩스** (02)6499-1165
전자우편 bookinmylife@naver.com
편집 김정민 | **디자인** 위하영

글 ⓒ Kirsten Boie, 2018
그림 ⓒ Regina Kehn, 2018

ISBN 979-11-5723-737-1

이 도서의 국립중앙도서관 출판예정도서목록(CIP)은
서지정보유통지원시스템 홈페이지(http://seoji.nl.go.kr)와
국가자료공동목록시스템(http://www.nl.go.kr/kolisnet)에서 이용하실 수 있습니다.
(CIP제어번호 : CIP2018006319)

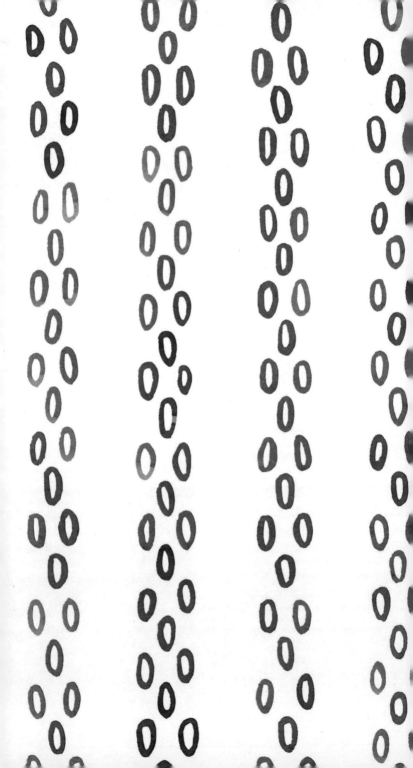